Eine Reise um die Welt in 1157 Tagen

AF160556

Für David

Thomas Wollschläger

Eine Reise um die Welt in 1157 Tagen

Die Expedition des Jules Dumont d'Urville von 1837 bis 1840

**Bibliografische Information der
Deutschen Nationalbibliothek:**

Die Deutsche Nationalbibliothek verzeichnet diese Publikation in der Deutschen Nationalbibliografie. Detaillierte bibliografische Daten sind im Internet über <http://dnb.dnb.de> abrufbar.

Impressum

© 2023 Thomas Wollschläger

Herstellung und Verlag: BoD - Books on Demand, Norderstedt

ISBN: 9783734704499

Inhalt

Prolog: Wanderlust	7
Abreise aus Toulon	11
Magellans Land	17
Patagonier und Nicht-Patagonier	25
Eisfahrt	35
Wale und Walfang	51
Skorbut	61
Die Sorge um die Kranken	71
Verluste	75
Eine neue Aufgabe	77
Verzweifelte Versuche	87
Strafende Gerechtigkeit	89
Vanikoro	101
Dysenteria	111
Gescheiterte Vernunft	125
Adelieland	131
Heimkehr	139
Epilog: Der Zug	147
Anhang: Die Offiziere der beiden Schiffe	151
Nachwort: Fiktion und Realität	153
Bildnachweis	

Prolog: Wanderlust

Aus dem Tagebuch des Kommandanten Jules-Sebastien César Dumont d'Urville

Ach, welchen Preis die Reise schon gefordert hat, noch ehe sie begonnen! Der einfache Befehl, sich zur Vorbereitung der großen Expedition im Hafen von Toulon einzufinden, hat meiner kleinen Tochter das Leben gekostet. Voller Eifer und Begierde, keine Zeit zu verlieren, war ich dem Befehle unverzüglich gefolgt und mit meiner Familie umgesiedelt, nicht bedenkend, dass in jenem Monat Juni in diesem Teil der Provence die Cholera wütete. Unbarmherzig hat diese furchtbare Seuche sogleich unseren kleinen Sonnenschein hinweggerafft. Völlig umsonst und sinnlos, wie sich zeigt, denn es ist keineswegs abzusehen, dass die notwendigen Genehmigungen, die finanziellen Mittel und die Rekrutierung der Offiziere und Wissenschaftler, welche wir brauchen werden, auch nur ansatzweise Fortschritte machen.

So versuche ich nun, meine Zeit und Kraft der Erziehung meines einzig überlebenden Sohnes zu widmen sowie für mich selbst mein Studium der Ethnologie und Sprachen Ozeaniens wieder aufzunehmen. Ich war so erfreut, dass mein Vorschlag, die Völker Ozeaniens in Melanesier, Polynesier und Mikronesier zu untergliedern, in Fachkreisen sehr wohlwollend aufgenommen worden ist. Diese Studium muss ich weiter vervollkommnen und festhalten, welche noch ausstehenden Fragen ich während der kommenden Expedition beantworten muss.

Eigentlich müssten mich diese Dinge nicht wenig befriedigen, da ich von meinem Wesen her ein außerordentlich häuslicher und der Familie hingegebener Mensch bin. Doch muss ich feststellen, dass ich zunehmend eine unerklärliche Unruhe verspüre. Zum einen treibt mich eine Art schlechtes Gewissen, einem Hang zur Ruhe nachzugehen, während ich noch die Kraft hätte, eine erneute Seereise zu unternehmen; zudem sollte es vielleicht meine Pflicht sein, meine Ruhe zu opfern, um der Familie eine anständige Zukunft zu sichern? Zum anderen plagen mich fast jede Nacht sonderbare Träume, in denen ich an Bord der *Astrolabe* immer weiter zum Pol vordringe und unzählige gefährliche Ereignisse durchlebe und die mich dann erwachen lassen.

Wie sehr liegen diese Beweggründe miteinander im Streit! All diese Unruhe, meine Sorgen und meine Pläne gegen das glückliche und ruhige Leben, die Gesellschaft meiner geliebten Adèle und die Freude, an der Entwicklung meines Sohnes teilzuhaben. Dennoch – ich fühle, dass die Wanderlust letztendlich den Sieg davontragen wird. Jetzt obliegt es mir, mich der Zustimmung meiner Ehefrau zu versichern.

Tatsächlich hat Adèle, nachdem ich ihr die ersten Male meine Absichten kundgetan habe, ihren deutlichen Missmut zum Ausdruck gebracht. Mittlerweile aber hat sie ihre Einwilligung in die erneute, bestimmt sehr schmerzhafte Trennung gegeben. Sie hat meine Beweggründe, besonders in Bezug auf die Familie, reiflich erwogen und stimmt diesen jetzt vorbehaltlos zu. Ja, sie beginnt sogar, meine Vorbereitungen für die neue Reise eifrig und mit mutiger Hingabe zu unterstützen. Wie kann ich anders empfinden, als ihr lebenslang unendlich dankbar zu sein!

Abreise aus Toulon

Ein Krokodil im Hafen von Toulon? Unmöglich, wird man sagen. Niemals kann ein solches Tier an der Küste des Mittelmeeres beobachtet werden! Und man hätte in der Tat Recht – wenn es sich denn um ein Tier handeln würde. Doch es ist mitnichten ein langes, schuppiges Exemplar der gepanzerten Echse, welches soeben das brackige Wasser des Hafens durchpflügt, sondern ein Dampfboot. Wer auch immer dem Gefährt diesen Namen gegeben hat, muss über eine blühende Phantasie verfügen, denn keine der Eigenschaften, die man gewöhnlich mit einem Krokodil in Verbindung bringen würde – wie Schnelligkeit, Gefährlichkeit, Verschlagenheit, Standhaftigkeit, Unberechenbarkeit oder ehrfurchtgebietende Eleganz – passt auch nur im entferntesten zu dem hässlichen, unförmig gedrungenen, schmutzigen und qualmenden Vehikel.

Besser, man hätte dem Boot eine Nummer statt eines Namens gegeben, denkt sich daher Dumont d'Urville. Dies würde dem Anblick vielleicht gerechter werden. Aber es ist nicht allein der Name oder das Aussehen des Dampfschiffs, was den zweiundvierzigjährigen Seeoffizier ärgert, sondern vielmehr die Tatsache als solche, dass sein Schiff, die stolze *Astrolabe*, von diesem kleinen und schäbigen Etwas aus dem Hafen geschleppt werden muss. Nichts gegen den Fortschritt und die neue Dampftechnik, die sich in immer mehr Bereiche der Wirtschaft und Gesellschaft ausbreitet, oh nein. Dumont d'Urville hält sich für einen sehr fortschrittlichen Menschen, der seit jeher auf der Höhe der Zeit gewesen und den neusten wissenschaftlichen und technischen Erkenntnissen gegenüber stets aufgeschlossen gewesen ist. Schließlich profitiert seine gerade beginnende Expedition ganz erheblich von den gewaltigen Errungenschaften, die seine Schiffe seetüchtiger denn je und seine Offiziere und Forscher fähiger denn je ausrüsten, die enormen Herausforderungen dieser Reise zu bewältigen.

Nein, das ist es nicht. Jedoch ist es eine Selbstverständlichkeit für jeden Segelschiffskapitän, sein Schiff mit gesetzten Segeln und aus eigener Kraft von der Reede auf die offene See zu bewegen. Die *Zelée*, das Schwesterschiff der *Astrolabe*, hat einfach Glück gehabt: eine Stunde früher hat der laue Wind noch kräftig genug geweht, um sie langsam, aber stetig aus dem Hafen zu bringen. Die *Astrolabe*, welche als Flaggschiff zuletzt den Anker lichten sollte, ist dafür von der darauf folgenden Flaute voll getroffen worden. Nun also bedarf es der Barkasse *Krokodil*, die Astrolabe ins Schlepptau zu nehmen. Seufzend lässt Dumont d'Urville dem Dampfschlepper signalisieren, dass die Leinen befestigt und die *Astrolabe* zum Schleppen bereit sei. Es dauert aber beinahe noch eine weitere Stunde, bis das *Krokodil* genügend Dampf auf den Kesseln hat, um den Dreimaster auch wirklich anzuziehen.

Bis es soweit ist, schweifen seine Blicke über die vollzählig an Deck versammelte Besatzung und seine Gedanken über die vor ihnen liegende, auf mehrere Jahre geplante Fahrt. Mit der Ernennung zum Kommandanten der großen Forschungsexpedition hat Jules-Sebastien César Dumont d'Urville den Zenit seiner maritimen Laufbahn erklommen: 1820, Teilnahme an seiner ersten kartografischen Expedition in die Ägäis; 1822 bis 1824, wissenschaftliche Expedition in die Südsee; 1826 bis 1829, als Fregattenkapitän erstes eigenes Kommando über die *Astrolabe* auf einer großen Expedition durch ganz Ozeanien. Und nun, mit der altbewährten *Astrolabe* und zusätzlich mit der *Zelée*, ist er Linienschiffskapitän und befehligt die seit Jahrzehnten umfangreichste Forschungs- und Entdeckungsreise Frankreichs. Nicht weniger als die Erkundung der Magellanstraße, erneut großer Teile Ozeaniens – namentlich die bisher am wenigsten erforschten –, der Gewässer zwischen Ozeanien und Australien sowie viele weitere Details stehen auf dem Programm. Dazu kommt, als neuer und überaus bedeutsamer Auftrag, die Erforschung der dem Südpol nahen Gewässer. Wie der König wörtlich gesagt hat: „Sie werden ihre Nachforschungen gegen den Pol soweit fortsetzen, als es nur immer die Polareisfelder gestatten!" Die Tatsache, dass die Reise dabei eine erneute Weltumsegelung zur Folge haben wird, ist angesichts dessen schon beinahe eine Nebensache.

Selbstverständlich gedenkt Dumont d'Urville, diesen Auftrag von König Louis-Philippe vollständig und gründlich umzusetzen, ja nach Möglichkeit die Pläne und

Erwartungen weit zu übertreffen. Es ist allein schon eine Frage der Ehre, die eigenen Arbeiten über Ozeanien, die auf den vorherigen Fahrten unternommen wurden, zu vervollständigen und die geografische wie ethnologische Wissenschaft wesentlich zu bereichern. Die riesige Palette der Zusatz- und Sonderaufträge, die ihm der König, das Marineministerium, weitere Behörden und Akademien mitgegeben haben, ist aber nicht nur eine ehrgeizige Herausforderung, sondern vielmehr ein aufregender, spannender Anreiz, welcher die Unternehmungslust, die Wissbegier und den Forschergeist des Kommandanten befriedigen soll. Selbst dann, wenn es nicht ohne große persönliche Opfer geschieht. Die lange Trennung von seiner Familie, vor allem von seiner geliebten Adèle, gefällt weder ihm und noch viel weniger ihr. Doch er sieht keinen anderen Weg, seine Lebensaufgabe zu krönen.

Dass dieses gewagte Unternehmen gelingen wird, daran hegt Dumont d'Urville keinen Zweifel. Die *Astrolabe* und *Zelée* sind tüchtige Schiffe. Die Astrolabe kennt der Kapitän in- und auswendig. Noch unter dem alten Namen *Coquille* hat sie ihn das erste Mal in die Südsee geführt, bei der zweiten Reise als nunmehrige *Astrolabe* sicher und zuverlässig rund um die Welt. Fast ein Jahr lang hat man die beiden Korvetten nun gründlich überholt und dabei Balken und Verstrebungen verstärkt; sämtliche Taue und das Segelwerk ausgetauscht; den Rumpf neu kalfatert; sowie tausenderlei kleine und kleinste

Ausbesserungen und Verbesserungen vorgenommen. Aus den Erfahrungen der vorangegangenen großen Expeditionen hat Dumont d'Urville sorgfältig genaue Listen zusammengestellt, welche Vorräte und Ausrüstungen unbedingt erforderlich sind, um sowohl Schiffe als auch Mannschaft vernünftig und sicher auszurüsten. Wieder und wieder hat er in den vergangenen Wochen akribisch überprüft, ob die Hafenbehörden, Handwerker und Lieferanten den Vorgaben auch genau gefolgt sind. Sie sind es.

Zudem kann sich der Kommandant auf seinen besten Mann hundertprozentig verlassen – Charles Hector Jacquinot. Als Fähnrich ist Jacquinot bereits auf Dumont d'Urvilles erster Südseereise dabei gewesen, auf der großen Weltfahrt vor zehn Jahren hat er als Erster Offizier der *Astrolabe* gedient und nun kommandiert er als Fregattenkapitän die *Zelée*. Die beiden verfolgen ein gemeinsames Ziel und sind sich über alle wesentlichen, die Expedition betreffenden Dinge absolut einig. Außerdem sind beide begeisterte Wissenschaftler, die sowohl eigene Forschungsinteressen verfolgen als auch gemeinsam darauf achten werden, die Ergebnisse der Forscher, Entdecker, Kartografen, Ingenieure und Ärzte genauestens festzuhalten. Ja, die *Zelée* ist in guten Händen. Deshalb gönnt Dumont d'Urville seinem Freund im Grunde genommen auch gerne das kleine Vergnügen, beim Auslaufen die Nase vorn gehabt und als erster das offene Meer erreicht zu haben.

Ein jaulendes Tuten unterbricht Dumont d'Urvilles Gedanken. Offensichtlich hat die *Krokodil* mittlerweile einen ausreichenden Dampfdruck erreicht und schickt sich an, den Schleppvorgang zu beginnen. Kurze Signale werden gewechselt, dann straffen sich die Leinen und der dampfende Pott nimmt Fahrt auf. Immerhin, das muss man ihm lassen, die Kraft der Dampfmaschine scheint zu stimmen. Das Boot entwickelt einen ordentlichen Zug und stapft unverdrossen auf die Hafenausfahrt zu. Die *Astrolabe* folgt wie ein getreuer Hund an langer Leine hinterher. Auf diese Weise dauert es gar nicht lange, bis der Hafen hinter dem Gespann liegt und freies Fahrwasser erreicht ist. Hier setzt auch wieder eine frische Brise ein.

Dumont d'Urville lässt deshalb die Abschleppflagge auf- und niederholen, um der Barkasse anzuzeigen, dass man jetzt aus eigener Kraft weitersegeln kann. Das Signal wird erwidert und die *Krokodil* drosselt ihre Fahrt. Kurz darauf sind die Leinen gelöst, Zum Abschied noch ein Signalaustausch, dann verschwindet das Dampfboot hinter einer gewaltigen schwarzweißen Rauchwolke und kehrt nach Toulon zurück. Die *Astrolabe* setzt eilig ihre Segel und nimmt Kurs auf die *Zelée*, die einige Meilen voraus kreuzt und auf das Flaggschiff wartet.

Die große Fahrt um die Welt hat begonnen.

Magellans Land

Die Besatzungen der *Astrolabe* und der *Zelée* können sich des Kopfschüttelns nicht erwehren, als sie zum ersten Mal Feuerland erblicken. Die beiden Schiffe haben wie geplant die Einfahrt zur Magellanstraße erreicht, deren südliche Begrenzung die große Insel Feuerland bildet. Doch anders, als der Name suggeriert, handelt es sich nicht um eine warme oder gar heiße Gegend, die etwa von leuchtender Sonne oder heißen Quellen geprägt wäre. Ganz im Gegenteil, die Küste ist ausgesprochen karg. Das Ufer besteht aus steinigem, oftmals nacktem Boden, der nur äußerst spärlich von Pflanzen bedeckt ist. Wind und Wasser sind kühl bis ausgesprochen kalt, was allerlei subarktischen Tieren, wie Robben, Pinguinen, Albatrossen und Sturmvögeln sehr angenehm zu sein scheint, da sie sich in zahlreichen und großen Gruppen allenthalben beobachten lassen.

Einigen Matrosen, die sich besonders lautstark und abfällig über die Beschaffenheit der Landschaft äußern, werden von Fähnrich Marescot zurechtgewiesen. Es widerspreche dem Zweck der Expedition, die unterwegs angesteuerten Stationen so geringschätzig zu behandeln. Schließlich müssten die Leute jederzeit bereit sein, auf Befehl des Kommandanten an Land zu gehen, die Wissenschaftler bei ihrer Arbeit zu unterstützen oder auf irgendeine andere Weise zum Gelingen des Unternehmens beizutragen, meint Marescot. Er lässt es sich auch nicht nehmen, denen, die es wissen wollen – und auch denen, die es nicht wollen – den Grund zu erläutern, wieso die Gegend den anscheinend so unpassenden Namen Feuerland erhalten hat. Niemand anders als Ferdinand Magellan selbst, der Generalkapitän der spanischen Expedition, die als erste diese Straße entdeckt und befahren hat, gab ihr nämlich einst diesen Namen. Wie Antonio Pigafetta, Magellans Chronist, berichtet hat, fand man damals die nördliche Küste der Meeresstraße gänzlich unbesiedelt vor. An der südlichen Küste sichteten die Spanier des Nachts zahlreiche Feuerscheine, die offensichtlich von Lagerfeuern der Eingeborenen stammten. Da die Expedition nur diese Feuer, aber keinen der Eingeborenen selbst zu Gesicht bekam, nannte Magellan das Land daraufhin „Feuerland".

Dies soll sich nach dem Willen von Dumont d'Urville nun grundlegend ändern. Zwar haben seit Magellan mittlerweile einige europäische Expeditionen die Magellanstraße und die umliegenden Landstreifen erforscht; als erster der Spanier Bartolomé García de Nodal Anfang des Siebzehnten Jahrhunderts und zuletzt die Engländer King und FitzRoy kurz vor und kurz nach 1830. Doch über die Einwohner Feuerlands gibt es bislang nur spärliche Nachrichten. Hier ist es (natürlich!) ein Franzose gewesen, der zuallererst den unbedingten Kontakt mit den Feuerländern suchte – Louis Antoine de Bougainville auf der ersten Etappe seiner großen Weltumsegelung von 1766 bis 1769. Bougainville hat auch die heutige Bezeichnung für die Bewohner Feuerlands geprägt, die

„Pescheräh", womit er sie von den „Patagoniern", den Ureinwohnern des Landes nördlich der Magellanstraße, zu unterscheiden suchte. Aber wie leben die Feuerländer? Welche Bräuche pflegen sie? Kann man mit ihnen handeln oder von ihnen nützliche Dinge erfahren? All dies und noch mehr gilt es zu erkunden, und so ist Dumont d'Urville entschlossen, in die Fußstapfen Bougainvilles zu treten und die nähere Untersuchung Feuerlands zu einer der ersten Stationen seiner eigenen Weltreise zu erheben.

Tatsächlich erblickt die Mannschaft eines Morgens auf beiden Seiten der Philipps-Bai, der zweiten großen Bucht der Magellanstraße, die erhofften großen Lichtscheine. Offensichtlich halten sich also sowohl Patagonier als auch Pescheräh in der Gegend auf. Einige Besatzungsmitglieder glauben sogar, an der feuerländischen Küste Pferde zu sehen. Dies ist ein Irrtum; wie sich herausstellt, handelt es sich um Guanakos. Der Kommandant befiehlt, die Südküste anzusteuern und dort zu ankern. Das ist schwieriger als gedacht. Es stellt sich heraus, dass die Magellanstraße ein äußerst tückisches Gewässer sein kann. Der Wind hat deutlich aufgefrischt, und die zahlreichen Wind- und Regenböen treiben die Schiffe hin und her. Dazu kommt eine ziemlich starke Strömung, wodurch das Ankern zu einer komplizierten Sache gerät, zumal die Tiefenlotungen nur unpräzise gelingen. Es dauert nahezu den ganzen Tag, bis das Anlegen gelingt, wozu der nachlassende Wind nicht wenig beiträgt.

Immerhin ist die mühsame und gefährliche Arbeit nicht gänzlich umsonst gewesen, denn die Kapitäne und die hydrographischen Ingenieure können wertvolle Erkenntnisse über die Beschaffenheit, Segelbarkeit und Navigierbarkeit der Meeresstraße festhalten.

Die wissenschaftlichen Erkundungen stehen auch als erstes an, als am kommenden Morgen die Boote ausgeschifft werden und die Besatzung, verteilt auf zahlreiche kleine Erkundungstrupps unter Führung der Forscher und Offiziere, an Land ausschwärmt. Die erste Gruppe unter Lieutenant Roquemaurel – die wichtigste – kümmert sich um die Ergänzung der Frischwasservorräte, danach um die Beschaffung von Holz, welches an Bord immer für Ausbesserungsarbeiten und die Kombüse benötigt wird. Eine zweite Gruppe, angeführt von den Ärzten Hombron und Jacquinot (ein Verwandter des Kapitäns der *Zelée*), widmet sich der Botanik. Neben der Sammlung von Nahrungsmitteln, darunter eine große Anzahl praktischerweise nahe beim Ufer wachsender Sellerieknollen, gehört dazu aber auch die Erkundung der sonstigen Vegetation. Eine dritte Mannschaft unternimmt es, in der weitläufigen Bucht auf Fischfang zu gehen, und die letzte Gruppe schließlich, unter der Führung des Kommandanten persönlich und einschließlich einer größeren Gruppe von Offizieren, macht sich mit der schnellsten Schaluppe auf zum nördlichen Ufer, um dort nach den Resten einer einstigen spanischen Ansiedlung zu suchen. Um 1580 nämlich versuchte der damalige König Philipp II., die Magellanstraße mit der Gründung einer Stadt namens *Rey Don Felipe* für das spanische Weltreich zu sichern. Doch der Ansiedlungsversuch scheiterte kläglich. Mehr als dreihundert Männer, Frauen und Kinder verhungerten jämmerlich, da es ihnen nicht gelang, aus der spärlichen Pflanzenwelt genügend Essbares zu gewinnen oder selbst Feldfrüchte anzubauen. Spätere Expeditionen fanden nur noch ausgestorbene Ruinen und zahlreiche Gräber vor. Seither heißt diese Bucht „Hungerhafen" – *Port Famine*, trägt Dumont d'Urville in sein Reisejournal ein.

Dumont d'Urvilles Gruppe erreicht nach zügiger Fahrt den ungefähren Platz des Hungerhafens. Indes gelingt es dem vom Naturforscher Pierre Dumoutier begleiteten Kommandanten nicht, auch nur eine Spur der alten Siedlung zu finden. Das erstaunt Dumont d'Urville sichtlich, hat er doch dem erst vor wenigen Jahren erschienenen Reisebericht des Amerikaners Benjamin Morrell entnommen, dieser habe 1827, während eines Aufenthalts an selbiger Stelle, die Ruinen der Stadt wiederentdeckt und auch einzelne Gebäude wie Kirche, Wohnhäuser und Wälle, unterscheiden können. Im ganzen näheren Umkreis können jedoch keinerlei Ruinen ausgemacht werden, wobei sich alle Offiziere einig sind, dass genau nur diese Stelle für eine Ansiedlung hätte infrage kommen können. Entweder hat also Morrell an einem ganz anderen Ort die Reste einer Siedlung gefunden oder aber seine Erzählungen sind große Übertreibungen und in weiten Teilen reine Phantasie.

Dieser Ansicht, welche von etlichen Wissenschaftlern schon geäußert wurde, hat Dumont d'Urville bisher nicht zugeneigt, nun aber muss er sein Wohlwollen revidieren. Dumoutier und er sind sich nach gründlicher Prüfung der vor Ort verfügbaren Materialien im Übrigen einig, dass die spanischen Siedler nur Holz und Erde zum Bau ihrer Häuser verwenden konnten, wovon nach über zweieinhalb Jahrhunderten ganz naturgemäß nichts übrig geblieben ist. Deshalb ist es nur verständlich, dass sie keine Überreste der Ortschaft finden können.

Nunmehr überzeugt davon, dass Morrell seinen Lesern eine Lügengeschichte aufgetischt hat, kehren Dumont d'Urville und Dumoutier zu den anderen zurück. Diese sind erfolgreicher gewesen und haben ihre Aufgaben erfüllt: Dumoulin und Roquemaurel haben einen Hafenplan vermessen, Durach die Bucht als solche, Thanaron und La Farge die weitere Umgebung vermessen. So ist die ganze Gegend gründlich kartiert und man wäre jetzt jederzeit in der Lage, für Frankreich einen Versorgungshafen zu erreichen. Nach der Rückkehr zu den im Süden ankernden Korvetten stellt der Kommandant erfreut fest, dass vor allem die Fischfang-Mannschaft eine sehr üppige Ernte eingefahren hat. Mehr als fünfzig Pfund Fische sind zusammengekommen; genug, um jedem an Bord eine schöne Ration zukommen zu lassen. Die gesamte Besatzung hat, zusammen mit dem gesammelten Gemüse, dadurch ausreichend gesunde Nahrung zur Verfügung.

Bei alledem sind die botanischen und zoologischen Sammlungen nicht zu kurz gekommen. Die Naturforscher sammeln Flechten und Moose, einige bisher unbekannte Pflanzen und vermessen die Bäume. Erstaunt stellen sie fest, dass hier zahlreiche Buchen wachsen, die noch dazu teilweise enorme Stammdurchmesser erreichen. Je weiter man sich vom Ufer entfernt, desto reicher wird die zunächst für so karg gehaltene Vegetation, jedoch auch in recht widriger Form. Zahlreiche und sehr dichte Dornensträucher erschweren oft das Weiterkommen. Aber die Mühe lohnt sich auch. Die Botaniker finden wunderschöne Riemenblumen, Schachtelhalme, Federkraut, Valantien, Ruhrkraut und weitere Spezies. Die Zoologen sammeln Taumelkäfer, beobachten verschiedene Vögel und fangen dabei einen stolzen Austernsammler. Am einfachsten gelangen sie direkt am Ankerplatze an diverse Muschelarten, Schlüssel- und Leistenschnecken sowie gänzlich unbekannte Fischarten. Zudem findet man mit Geflügelresten durchsetzte Kotballen, die wohl von einem Jaguar stammen müssen, leider ohne eines dieser Raubtiere zu Gesicht zu bekommen.

Dumont d'Urville ist zufrieden. Die erste Etappe der Expedition hat mit einer erklecklichen Menge von Erkenntnissen aufzuwarten, dabei besitzt die Magellanstraße etliche weitere Buchten, Kanäle und Inseln, die es noch zu erkunden gilt. Die Wissenschaftler, Geologen und Naturforscher sind angetan von ihren ersten Funden und hoffen auf zahlreiche Weitere im Verlauf der Reise. Selbst die Suche nach der verlorenen Siedlung Rey Don Felipe ist genau genommen nicht vergebens gewesen, denn für die Wissenschaft zählt auch der Beweis der Nichtexistenz beziehungsweise des Aussterbens als eben dieses – ein Beweis, der im Expeditionsbericht genauestens dokumentiert wird. Am Abend befiehlt der Kommandant deshalb, wie er sich das für besondere Gelegenheiten vorbehalten hat, „Rum für die Besatzung!" Diese ist naturgemäß erfreut und mit ihrem Schicksal zufrieden. Um fünf Uhr am nächsten Morgen werden schließlich die Anker gelichtet und die beiden Schiffe nehmen die Fahrt zu ihrem nächsten Ziel auf. An Cap Forward, dem Galanthafen, verschiedenen kleineren Buchten und Flussmündungen vorbei erreicht man wenige Tage später den nächsten günstigen Ankerplatz, den Peckethafen auf der patagonischen Seite der Magellanstraße. Die Segel werden eingeholt, die Anker fallen und die Offiziere bereiten den für zehn Uhr geplanten Landgang vor.

Patagonier und Nicht-Patagonier

Die Aufregung an Bord der *Astrolabe* und der *Zelée* ist groß. Zum ersten Mal zeichnet sich auf der Expedition ab, dass ein Zusammentreffen mit den Eingeborenen unmittelbar bevorsteht. Jeder ist begierig, zuerst in die Boote zu kommen und unter denen zu sein, die die „Wilden" (wie die Patagonier wenig respektvoll tituliert werden) endlich zu Gesicht zu bekommen. Doch obwohl Dumont d'Urville befiehlt, das größte Beiboot der Korvetten loszuschicken, müssen sich viele Matrosen gedulden, da neben den Ruderern zunächst eine große Gruppe von Offizieren das Privileg erhält, den Erstkontakt herzustellen. Der Kommandant bleibt anfangs an Bord der Astrolabe, man kann ja nie wissen, ob alles gut geht.

Die leisen Befürchtungen erweisen sich glücklicherweise als unbegründet. Alles bleibt friedlich. Als die Schaluppe den Strand erreicht, werden Besatzung und Offiziere von der beträchtlichen Zahl Patagonier, die sich mittlerweile eingefunden haben, sehr freundlich empfangen. Die Offiziere werden später allesamt in ihren Tagebüchern notieren, dass ihnen das sanfte und friedfertige Verhalten der Eingeborenen aufgefallen ist und sie selbiges außerordentlich zu schätzen wüssten. Nicht nur ihr Verhalten, auch ihr Äußeres wird von den Besatzungsmitgliedern, von denen die allermeisten noch nie einen Nichteuropäer kennengelernt und zum Teil ganz absonderliche Vorstellungen vom Aussehen der Ureinwohner haben, als äußerst angenehm empfunden.

Die Anthropologen halten eine wohlproportionierte Gestalt, glatte Haut, lange und schwarze Haare, einen ruhigen Gesichtsausdruck mit sanftem Lächeln und eine entspannte Körperhaltung fest. Ihre Kleidung besteht aus einem weiten Mantel aus Guanako- oder anderen Tierfellen, dazu eine Art Lendenschürze, die von einem breiten Gürtel gehalten wird. Bei einigen der Männer und Frauen bemerkt man sogar europäische Kleidungsstücke wie Westen, Hosen oder Mützen. Sie müssen also schon zuvor Kontakt mit europäischen Seefahrern gehabt haben.

Nachdem sich die Kontakte so erfreulich eröffnet haben, spricht nichts mehr dagegen, weiteren Mannschaftsmitgliedern den Landgang zu ermöglichen. Daher weist Lieutenant Roquemaurel die Schaluppe an, zur *Astrolabe* zurückzukehren und einen zweiten Transport durchzuführen. In diesem Moment springen mehrere der Eingeborenen in das Boot, die offenbar den Wunsch haben, den großen Schiffen einen Besuch abzustatten. Es kostet die Matrosen große Mühe, sie davon abzuhalten. Dreien wird schließlich die Erlaubnis erteilt, im Boot zu bleiben und zur *Astrolabe* mitzufahren. Selbstredend ist die Spannung groß, als man auf der Korvette gewahr wird, wer da an Bord der Schaluppe angereist kommt. Doch dann kommt es zu einer weiteren Überraschung, auf die niemand gefasst gewesen ist. Der erste der Eingeborenen ist ein Mann von ungefähr zwanzig Jahren, der zweite Mann dürfte Anfang vierzig sein. Der dritte, den man vielleicht auf etwa 30 Jahre schätzen könnte, ist überhaupt kein Patagonier!

Seine Bekleidung gibt von Ferne keinen Anlass, ihn nicht für einen Eingeborenen zu halten, doch bei genauerem Hinsehen erkennt man seine europäischen Gesichtszüge, abgemagert und von tiefem Elend gezeichnet. Aber seine Stimme ist klar, und so fallen der Kommandant und alle Anwesenden aus allen Wolken, als der Mann sie in gebrochenem Französisch anspricht. Er sei Schiffbrüchiger, erklärt er, und er bitte inständig darum, man möge ihn und einen weiteren Gefährten von seinem Schicksal erlösen und beide mit an Bord der Schiffe nehmen. Es stellt sich heraus, dass sein Name Johann Niederhauser ist und er aus der Schweiz in der Nähe von Bern stammt. Da sein Französisch recht schwerfällig ist, lässt Dumont d'Urville den Matrosen Kosmann holen, welcher aus dem Elsass stammt und daher des Deutschen mächtig ist. Solcher Art übersetzt, verläuft die Verständigung deutlich einfacher, und man erfährt die tragische Geschichte Niederhausers und seines Freundes.

Niederhauser war vor etwa zwei Jahren nach Amerika ausgewandert und hatte dort versucht, sein Glück zu finden. Doch nach mancherlei Rückschlagen stand er weiter vor dem Nichts, so dass er schließlich auf das Werben eines amerikanischen Robbenfangkapitäns einging und zur Robbenjagd in den Gewässern um Feuerland anheuerte. Der Robbenfänger setzte auf mehreren Inseln jeweils eine Gruppe von Männern ab, die über fünf Monate hinweg Robben jagen und danach alle wieder mitsamt ihrem Fang eingesammelt werden sollten. Das Schiff erschien jedoch nie wieder, weshalb die acht Robbenfänger nach dem Aufbrauchen aller Lebensmittel gezwungen waren, ihre Insel in einem kleinen Boot zu verlassen und die Rückkehr in bewohnte Gegenden zu wagen. Mit letzter Kraft erreichten sie die von Patagoniern bewohnten Gegenden der Magellanstraße, wo sie von den freundlichen Eingeborenen Nahrung erhielten.

Während sechs der Männer ihre Fahrt fortsetzen wollten, entschlossen sich Niederhauser und ein Engländer namens Birdine dazu, bei den Patagoniern zu bleiben. Einerseits, da sie weitere ungewisse Monate in der Jolle fürchteten, andererseits in der Hoffnung, eines der Schiffe, die die Magellanstraße des Öfteren passieren, abzupassen.

Es gibt niemanden an Bord, der nicht vom Schicksal des Mannes gerührt ist. „Wie haben Sie das nur aushalten können? Haben die Patagonier Sie jemals schlecht behandelt?", möchte Kapitän Jacquinot wissen.

„Nicht im geringsten", beteuert Niederhauser. „Sie haben uns mit größter Bereitwilligkeit aufgenommen, ihre Zelte und ihre Habe mit uns geteilt. Unsere wenigen Habseligkeiten, mein Uhrmacherwerkzeug und unsere Waffen, haben sie dagegen niemals angerührt. So gesehen, können wir uns nicht beklagen. Freilich heißt das Leben hier aber auch, dass man nur so viel Kost hat, wie die Natur hergibt. Anfangs haben wir mit unseren Feuerwaffen die Jagd etwas bereichern können, aber in letzter Zeit konnte kaum noch Wild gesichtet werden. Alles, was wir derzeit haben, sind wenig nahrhafte und schrecklich schmeckende Wurzeln. Wir waren schon am Verzweifeln, ob wir diese Lage wohl weiter ertragen könnten ... Daher bitten wir Sie inständig, Messieurs, gewähren Sie uns, an Bord bleiben zu können!"

Alle Augen richten sich auf den Kommandanten. Dieser nimmt sich einen Augenblick Zeit, schaut den Schweizer nachdenklich an und räuspert sich vernehmlich.

„Es ist ganz selbstverständlich, dass wir die Bitten von Menschen in Not nicht abschlagen werden. Seien Sie willkommen – Sie können uns gerne so lange begleiten, bis wir den nächsten größeren Hafen anlaufen", verkündet Dumont d'Urville.

Niederhauser bedankt sich, ausgesprochen ernsthaft; es ist förmlich zu spüren, welcher Stein ihm vom Herzen gefallen ist. Sogleich bietet er (und später auch sein Gefährte John Birdine) an, die Mitfahrt nicht umsonst hinzunehmen, sondern sie durchaus abarbeiten zu wollen. Jede infrage kommende Arbeit an Bord solle man ihm ohne weiteres antragen.

Dumont d'Urville nimmt es wohlwollend zur Kenntnis. In der Tat werden Niederhauser und Birdine später, nach dem Auslaufen der Schiffe, als Hilfsmatrosen eingesetzt;

Niederhauser an Bord der *Astrolabe* als Aufwärter und Küchenhelfer, Birdine an Bord der *Zelée* als Gehilfe des Segelwerksmaats.

Solange die Korvetten noch im Peckethafen vor Anker liegen, hat Dumont d'Urville aber noch eine ganz andere Aufgabe für Johann Niederhauser entdeckt. Es stellt sich nämlich heraus, dass dieser während der mehr als drei Monate Aufenthalt bei den Patagoniern ganz leidlich deren Sprache zu verstehen und sprechen gelernt hat. Dies kommt der Expedition außerordentlich zupass, denn die Redeweise der Eingeborenen ist sehr kehlbetont und nicht leicht zu verstehen; die Aussprache endet oftmals in für europäische Ohren recht ungewohnten Schnalzlauten. Daher fragt Dumont d'Urville im Laufe der nächsten Tage den Schweizer so lange aus, bis er zu einer langen Liste von Wörtern und Begriffen die patagonischen Entsprechungen erhalten hat, die sein Sekretär César Degraz getreulich notieren muss. Eines der eigenen wissenschaftlichen Projekte des Kommandanten besteht darin, ein vergleichendes Wörterbuch bekannter und unbekannter Sprachen zusammenzustellen. Wer schon könnte sich rühmen, Patagonisch als Sprache in ein Wörterbuch aufgenommen zu haben! Hier kann die Expedition dank der unerwarteten Hilfe echte Pionierarbeit leisten.

Ebenso hilfreich ist die neu gewonnene Verständigung für alle weiteren Kontakte mit den Patagoniern. Es entwickelt sich ein reger Tauschhandel mit der Besatzung; während diese allerlei Felle, geflochtene Schnüre, Pfeile und bunte Federn erwerben, ergattern die Patagonier neben Schiffszwieback, Pfeifentabak und Branntwein vor allem rote Tücher und einige Messer. Den Mienen der Beteiligten nach zu urteilen, sind sowohl die Matrosen als auch die Eingeborenen davon überzeugt, das jeweils bessere Los erlangt zu haben.

Zur großen Zufriedenheit Dumont d'Urvilles und der anderen anthropologisch interessierten Offiziere gibt es in dieser Zeit Unmengen an wissenswerten Dingen über die Patagonier zu lernen. Etwa über ihre Lebensweise; sie wohnen in großen Zelten, die von starken Holzpfählen getragen werden, der Eingang ist durch Felle verhangen. In jedem Zelt wohnen mehrere Familien. Sie besitzen Pferde und Hunde, wobei die Hunde in den Zelten schlafen, die Pferde aber des Nachts einfach frei in der Umgebung weiden. Die Menschen zeigen den Forschern gerne und unbefangen ihre Behausungen. Sie haben auch nichts dagegen, dass die Zeichner Goupil, Durach, Gourdin und Fähnrich Marescot unentwegt zahlreiche schöne Skizzen und Bilder von den ausdrucksstarken Gesichtern der Jäger, der Krieger, des Häuptlings und der mit großer Mühe geschmückten und zurecht gemachten Frauen und Kinder anfertigen. Die Bewunderung ist einhellig, wie diese Leute aus einfachen Mitteln so vielfältige Kleidungsstücke, Schmuck und Verzierungen anzufertigen verstehen. Am Schwierigsten scheint es, trotz der Unterstützung von Niederhauser und Birdine, etwas über die religiösen Bräuche der Patagonier zu erfahren. Wohl verehren sie einen Gott, der auf dem Gipfel der Anden lebt und welcher sein Missfallen im Grollen des Donners äußert. Zudem beten sie aber anscheinend auch die Sonne und das Feuer an; so jedenfalls meinte Niederhauser verschiedene Rituale des Häuptlings – der übrigens den Namen Konguer trägt – zu deuten.

Die oft recht ärmliche Lebensweise der Eingeborenen hat allerdings nicht zwangsläufig eine geringe Lebenserwartung zur Folge. Dumont d'Urvilles ist mehr als erstaunt, als er mitten im Zeltdorf auf einen greisen Mann trifft, welcher ihm als der Großvater der Häuptlingsfrau vorgestellt wird und der sicherlich an die neunzig Jahre alt sein dürfte. Niederhauser versichert dem Kommandanten, dass er mehrfach solche älteren Menschen zu Gesicht bekommen habe. Schließlich erfahren die Anthropologen auch, dass sich die auf dem Festland lebenden Patagonier von den Einwohnern der Insel Feuerland beträchtlich unterscheiden. Die Feuerländer (welche nach einer kurzen Begegnung mit dem großen französischen Entdecker Louis Antoine de Bougainville einst den Namen „Pescheräh" erhalten haben) sind von ihrem Körperbau merklich kleiner, ernähren sich hauptsächlich vom Fischfang und erreichen mit kleinen Kanus auch die Inseln inmitten der Magellanstraße und gelegentlich das Festland. Dagegen sind die Patagonier vor allem Jäger, bauen gelegentlich einige Pflanzen an und verlassen nie das Festland. Es kommt vor, dass die Pescheräh bei einem Streifzug auf die Patagonier treffen; dann kann es durchaus passieren, dass letztere das eine oder andere Kind der Pescheräh entführen und in ihr Dorf bringen. Dort wächst es heran, kann sich jedoch nach dem Erwachsenwerden frei entscheiden, ob es weiter bei den Patagoniern bleiben oder zu seinem Stamm zurückkehren will.

Solcherart und noch weitaus umfangreicher sind die Erkenntnisse, welche die Forscher und Offiziere durch Gespräche und Beobachtungen bei den Patagoniern erhalten. Die Notiz- und Skizzenbücher sind gut gefüllt, die wissenschaftlichen Sammlungen um etliche Stücke bereichert worden. Nun naht der Zeitpunkt, an dem man wieder aufbrechen und die Expedition andernorts fortsetzen muss. Insgesamt siebenundzwanzig Tage sind seit der Ankunft in der Magellanstraße vergangen; zwei Drittel derselben erkundet, zehn Buchten und potentielle Häfen vermessen, der erhoffte Kontakt mit den Eingeborenen ist hergestellt und sehr friedlich und ertragreich verlaufen. Deshalb verbucht Dumont d'Urville die Erforschung der Magellanstraße, obwohl nur ein Nebenschauplatz der geplanten Südpol- und Weltfahrt, als vollen Erfolg. Die Mannschaft ist zufrieden und freudig gespannt auf künftige Entdeckungen, begünstigt nicht zuletzt durch das bisherige Ausbleiben jeglicher Krankheitsfälle an Bord. Man nimmt einen letzten

Abschied von den neugierig am Ufer versammelten Patagoniern, die Segel werden gesetzt und mit einer frischen Brise nehmen die Korvetten Fahrt auf. Es geht gen Süden.

Mollusques; Buccin, Ecaillé

Eisfahrt

Langsam verschwindet die Staateninsel am nordwestlichen Horizont. Kap San Juan, die östlichste Spitze der Insel, haben die Schiffe gegen Mittag passiert. Damit liegen Feuerland und seine Inseln endgültig hinter der Expedition und kein bekanntes Land mehr vor ihr. Nun lässt Dumont d'Urville Kurs Ost-Südost setzen. Alle Anstrengungen sind jetzt darauf ausgerichtet, die Polargegenden zu erreichen.

Der Wind spielt einigermaßen mit; er weht aus Nord bis Nord-Nordwest, wenn auch nur schwach. Mehr als fünf Knoten schaffen die Schiffe daher nicht, doch sind die Offiziere damit recht zufrieden. Vielen aus der Mannschaft ist nicht wohl bei dem Gedanken, in unbekannte und wahrscheinlich gefährliche Gewässer zu reisen. Daher ist eine langsame, gefühlt vorsichtige Annäherung für den Mut der Mannschaft ein gar nicht so schlechter Umstand. Ebenfalls förderlich für das Klima an Bord ist der Aufenthalt in der Magellanstraße gewesen. Die Begegnungen mit den Patagoniern und die Gewissheit, dort auf freundliche, hilfsbereite Menschen zu treffen, sollten die Schiffe das Bedürfnis haben, schnell wieder bewohnte Ländereien erreichen zu müssen, haben der Mannschaft einen gewissen Rückhalt gegeben. Immer noch unterhalten sich viele Matrosen über die Erlebnisse mit und bei den Feuerländern, lassen sich von Niederhauser und Birdine von deren Schicksal erzählen und gewähren ihrer Phantasie freien Lauf, was sie wohl an deren Stelle getan hätten.

Der nächste Tag ist von Nebel geprägt. Von sechs Uhr morgens an herrscht so dichter Nebel, dass von der *Astrolabe* aus die *Zelée* nicht mehr zu erkennen ist, obwohl beide Korvetten höchstens drei Schiffslängen voneinander entfernt fahren. Der Kommandant lässt daher mit großer Achtsamkeit manövrieren. Als die *Zelée* dauerhaft außer Sicht zu kommen scheint, befiehlt er schließlich, halbstündig eine Kanone abzufeuern. Dies wird irgendwann von der *Zelée* beantwortet, und so sind nach ein paar Stunden beide Schiffe wieder beisammen. Der Nebel hält sich indes hartnäckig; noch die folgende Nacht und den nächsten Vormittag wird er nicht lichter.

Endlich, gegen zwei Uhr nachmittags des zweiten Tages, verliert sich der Nebel unvermittelt. Man wird gewahr, dass sich zwischen den beiden Schiffen offenbar schon geraume Zeit ein kleiner Wal tummelt. Er schwimmt hin und her, nähert sich mal der *Astrolabe*, mal der *Zelée*; mal zeigt er seinen weißen Bauch, mal seine stumpfe und dickliche Rückenflosse. Die Matrosen belustigen sich an ihm wohl an die dreißig Minuten. Dann taucht er plötzlich ab und bleibt verschwunden.

Sobald der Nebel gewichen war, hat Dumont d'Urville den Ausguck wieder besetzen lassen. Man nähert sich dem sechzigsten Breitengrad, jederzeit kann also Eis auftauchen. Wirklich ertönt gegen acht Uhr abends der

Ausruf „Eis in Sicht!". Zwei kleinere Eisstücke sind es bloß, jedes etwa von der Größe einer Jolle, die links und rechts der *Astrolabe* vorbeischwimmen. Dennoch lösen sie sogleich aufgeregte Diskussionen innerhalb der Mannschaft aus. Es ist nicht mehr zu leugnen, dass man dem Unbekannten näher kommt; als was für ein Feind wird sich das Eis erweisen? Ein gefährlicher, unbesiegbarer? Oder doch ein Gegner, der sich bezwingen lässt? Selbst Dumont d'Urville hält es nicht mehr in seiner Kabine. Er gesellt sich zu den Matrosen an Deck, stützt seine Hände auf die Reling und starrt nachdenklich und geduldig in die Ferne.

Seine Geduld wird belohnt. Keine halbe Stunde mag vergangen sein, als der Ausguck erneut Eis ankündigt. Und was für ein Koloss es ist, dem sich die Schiffe nähern! Ein riesiger Eisberg, wohl über hundert Fuß in der Höhe und über zweihundert in der Länge. Die ersten Schätzungen belaufen sich gar auf das Doppelte dieser Größe, doch der Kommandant will es genau wissen und lässt Fähnrich Marescot die Abmaße genauer vermessen. Rein rechnerisch ist er also viel kleiner als der Eindruck, den er hinterlässt. Ist dies ein kleiner Vorgeschmack auf das, was noch kommen mag? Jedenfalls ist jetzt, wo die Dunkelheit hereinbricht, äußerste Wachsamkeit unerlässlich. Nicht auszudenken, wenn eines der Schiffe des Nachts auf einen solchen Riesen auflaufen würde! Auf Dumont d'Urvilles Geheiß verdoppelt Lieutenant Roquemaurel daher die Nachtwache an Deck.

Dies zeigt sich als eine weise Voraussicht. Zwischen drei und vier Uhr morgens wird der Nebel erneut so dicht, dass ein Eisberg auf kaum mehr als einhundert Toisen zu sehen wäre. Glücklicherweise wird jedoch vorerst kein neues Eis gesichtet. Doch Dumont d'Urville ahnt, dass der Nebel beinahe ein noch gefährlicherer Feind sein wird als jeder Eisberg. Einem Eisberg, den man sieht, kann man ausweichen; wenn man ihn aber nicht sieht ... Jedenfalls macht sich der Kommandant ernste Gedanken, wie die Mannschaft bei Laune zu halten ist. War man nicht ausgefahren, um das Eis zu erreichen? Also beschließt Dumont d'Urville, aus der Not eine Tugend zu machen und das Eis zu „feiern". Mittags wird den Männern eine doppelte Ration Rum ausgeschenkt, um das erste Eis gebührend zu würdigen.

Es dauert allerdings einen ganzen Tag, bis die nächsten Eisberge in Sicht kommen. Bis dahin gibt es lediglich interessante Wolkenformationen, diverse Fischschwärme und einige delphinartige Kleinwale zu beobachten. Dann aber reißt die Parade der Eisinseln nicht mehr ab. Ein Koloss folgt dem nächsten, einer ist größer als der andere. Den nächsten muss Ingenieur Vincendon-Dumoulin selbst vermessen. Sechshundert Fuß Länge, fast 500 Fuß Breite und etwa hundert Fuß Höhe; es ist der bisher mächtigste. Viele der schwimmenden Inseln bestehen nicht nur aus Eis, sondern sind schneebedeckt und mit zahllosen Vögeln bevölkert. Weiße Sturmvögel und Möwen sitzen auf den Gipfeln, an tieferen Stellen, wie vorspringenden

Fußenden, tummeln sich nicht wenige Pinguine. Diese sind bisweilen neugierig und stürzen sich bei Annäherung der Korvetten ins Meer, um sie interessiert zu umkreisen.

Der zweiundsechzigste Breitengrad wird überschritten. Nun werden aus den einzelnen Eisbergen mehr und mehr Ketten von Eismassen, die mitunter den Weg regelrecht zu versperren scheinen. Es ist unumgänglich, vom strikten Südostkurs abzuweichen und zeitweise Ost- oder gar Nordostkurs zu steuern, um die Eisketten zu umfahren.

Dann ein erneuter Ausruf: „Festland in Sicht!". Alles stürzt zum Bug. Fünf Meilen voraus erhebt sich eine Eismasse, deren schier ungeheure Dimension tatsächlich auf den ersten Blick wie das vorgelagerte Kap einer größeren Landmasse wirken. Doch nachdem Dumont d'Urville erwartungsfroh das Fernrohr auf das Objekt gerichtet hat, erweist sich die Wahrheit als ernüchternd – es ist lediglich ein weiterer Eisberg; allerdings der größte überhaupt, den die Expedition auf dieser Fahrt gen Süden zu Gesicht bekommen soll. Nicht weniger als 6.500 Fuß misst die Länge des Giganten. Kein Wunder, denkt Dumont d'Urville, dass bereits so mancher Seefahrer bloße Eisberge für das weiße Südland gehalten hat.

Niemand bemerkt es, aber in seine Gedanken mischt sich wieder einmal Besorgnis. Wie hat es Weddell damals nur geschafft, bis zum vierundsiebzigsten Breitengrad vorzudringen? Bisher haben die beiden Korvetten kaum den dreiundsechzigsten Breitengerad erreicht, und schon hier nehmen die Eisberge an Zahl so zu, dass die Schiffe von Tag zu Tag vorsichtiger fahren müssen. Die Anspannung des Tages hat den Kommandanten ermüdet. Gegen Mitternacht gibt er dem Drängen der Offiziere nach und geht auf seine Kabine. Er schläft sogleich ein, in der festen Überzeugung, bis zum nächsten Abend endlich den fünfundsechzigsten Breitengrad zu erreichen.

Gegen vier Uhr morgens allerdings wird Dumont d'Urville unsanft aus dem Schlaf gerissen. Die Wache hämmert an die Kajütentür und meldet, dass der Weg versperrt sei. Dumont d'Urville eilt an Deck und beugt sich über das Schanzkleid am Bug. Wirklich, eine endlose Fläche von aneinander hängenden, miteinander verkeilten und sich überlappenden Eisblöcken füllt den gesamten südlichen Horizont aus. Bloß noch zwei Meilen sind die Korvetten von diesem Packeisgürtel entfernt.

Es bleibt den Schiffen nichts anderes übrig, als auf Ostkurs, am Packeis entlang, zu gehen. Der Wind weht nur schwach, es ist also genug Zeit, die Eislandschaft ausgiebig zu studieren. Noch überwiegt bei den Matrosen die Neugier anstelle der Furcht, und sie rufen sich gegenseitig zu, welche Entdeckungen sie im Eise machen. So vermeinen sie allenthalben Gebäude aus weißem Marmor, Säulen und Tempel, Mauern, ja ganze Städte ins Eis gemeißelt zu sehen. Das ist ein rechtes Spektakel, doch Dumont d'Urville hat kein Ohr dafür. Der Ausguck ist angehalten, nach einem befahrbaren Kanal Ausschau zu halten, welcher einen möglichen Weg durch das Eis nach Süden bieten könnte. Währenddessen findet sich der Kommandant in einer eifrigen Diskussion mit Ingenieur Dumoulin, wie denn wohl das Eis überhaupt entstehe. Ist es einfach Meereswasser, welches in der Nähe des Pols gefriert, unter dem Einfluss von Temperatur und Strömungen? Oder bedarf es dazu einer großen Küste, die den Eisfeldern als Stütze dient? Dumoulin neigt zu letzterer Ansicht, und Dumont d'Urville muss eigentlich zustimmen. Bedeutet dies doch, dass sich irgendwo hinter den Eismassen ein geheimnisvolles, allen Blicken verborgenes Land befinden müsste, welches es zu entdecken gilt.

Die Fahrt entlang des Eisfeldes nimmt kein Ende. Alle Stunde etwa ertönt ein aufgeregter Ausruf, man habe einen Kanal entdeckt; doch entpuppt sich jeder dieser „Kanäle" als dünner Riss von ungewisser Länge. Manche würden vielleicht einem Beiboot Raum geben, doch nicht annähernd einem Objekt von der Größe einer Korvette. Ansonsten herrscht in der Nähe des Eises eine tiefe, eigentümliche Stille. Lautlos gleiten die Schiffe über das Wasser. Selbst die gelegentlich umherfliegenden Vögel geben keinen Laut von sich. So mancher an Bord fährt deshalb erschrocken zusammen, wenn gelegentlich ein Wal mit einem dumpfen Blasen die Stille bricht.

Endlich, nach tagelanger Fahrt entlang des Packeises, frischt der Wind auf. Ist es nur eine optische Täuschung, oder beginnt die Eismauer wirklich zu splittern? Tatsächlich scheint das Eis in Auflösung begriffen zu sein! Ein Kanal öffnet sich, breiter als je zuvor. Dumont d'Urville berät sich mit den Offizieren, und alle stimmen der Hoffnung zu, auf der anderen Seite das Meer frei zu finden. Nun gibt es kein Zögern mehr. Dumont d'Urville lässt die *Astrolabe* in den Kanal einfahren und befiehlt der *Zelée* zu folgen.

Der Pass ist schwierig. Unmengen von Eisbrocken füllen das Wasser, werden von den Korvetten passiert, beiseitegeschoben oder zermalmt. Dann erweitert sich der Weg, und es können etliche Meilen in fast freiem Wasser zurückgelegt werden. Doch schon bald nehmen die Eisschollen wieder zu, und es muss im Zickzack gefahren werden, um größeren Ansammlungen ausweichen. Die breiten Durchgänge, die sich bisher am Horizont gezeigt haben, rücken plötzlich immer näher zusammen. Schließlich sind sie ganz verschlossen – der Packeisgürtel ist wieder da!

Unverzüglich gibt der Kommandant den Befehl zu wenden. Mittlerweile ist es jedoch stockfinster geworden, außerdem ist die gesamte Mannschaft todmüde und erschöpft von den Anstrengungen des Tages. Also lässt Dumont d'Urville die Schiffe etwa in die Mitte des eisfreien Raumes steuern und dort mit gerefften Segeln für die Nacht kreuzen. Nach Sonnenaufgang wird die Fahrt wieder aufgenommen, aber auch nach sechs Meilen Fahrt – so weit, wie die Korvetten durch das Eis gen Süden gelangt waren – ist kein Ende des Eiskanals abzusehen. Im Gegenteil, es sieht ganz so aus, als eile das Eis zu beiden Seiten voraus, um die Schiffe eingeschlossen zu halten. Schließlich ist das Ende des Kanals erreicht und, wie befürchtet, ist es fest verschlossen. Es bleibt also nichts übrig, als erneut zu wenden. Es hat sich ein kleines, halbwegs offenes Becken gebildet, welches einen Durchmesser von ungefähr zwei Meilen aufweist. Um nicht ziellos umherzufahren, befiehlt Dumont d'Urville, die Schiffe zu verankern. Ein großer, unbeweglicher Eisblock am Rande des Beckens wird angesteuert. Ein Boot unter dem Befehl von Lieutenant de Mas rudert von der *Astrolabe* zu dem Eisberg, und man befestigt etliche Anker daran. Kurz darauf folgt auch die *Zelée*. Beider Segel werden eingeholt, die Schiffe sind nun so fest vertäut wie in einem Hafen.

Die Besatzung der Schiffe ist sich nicht sicher, ob sie ob sie angesichts des gelungenen Manövers zufrieden oder in Betracht der allgemeinen Lage besorgt sein soll. Auf Geheiß des Kommandanten wird eine doppelte Portion Rum für die Mannschaft ausgeteilt, während sich die Offiziere an einer Bowle Punsch erfreuen. Dumont d'Urville allerdings ist in keiner optimistischen Stimmung, wobei er versucht, es sich nicht anmerken zu lassen. Der Versuch, den erstbesten Kanal als Durchfahrt Richtung Südpol anzunehmen, ist doch recht unklug, ja tollkühn gewesen, so muss er sich eingestehen. Es ist nichts weiter gewonnen worden, als nunmehr in einem eisigen Kerker zu stecken, aus dem jegliches Entkommen vorerst unmöglich erscheint.

Wieder einmal legt sich Dumont d'Urville mit sehr unruhigen Gedanken zu Bett, fällt aber bald in einen sehr tiefen Schlaf. Erst gegen elf Uhr morgens wird er geweckt; jedoch nicht durch den Wachhabenden, sondern durch sehr unsanfte und lautstarke Erschütterungen. An Deck wird er gewahr, dass es sich dabei um unzählige Eisschollen handelt, die die verankerten Schiffe umzingelt haben und mal an die Bordwände stoßen, mal an ihnen entlang streifen. Das sieht bedrohlicher aus, als es ist. Denn solange die Eisschollen in Bewegung sind, besteht für die Korvetten keine Gefahr, im Eise festzustecken. Dumont d'Urville beruhigt sich etwas. Die Wachen werden verstärkt. Sollten sie das leiseste Anzeichen eines aufbrechenden Kanals entdecken, sollen sie Alarm geben, damit die Korvetten diese Gelegenheit unverzüglich nutzen können.

Doch nichts dergleichen geschieht. Ein Tag vergeht, zwei Tage, drei; aber es gibt keine Veränderung. Nun verliert Dumont d'Urville die Geduld und beschließt, den Durchbruch durch das Eis mit Gewalt zu versuchen. Die Taue werden von den Eisbergen gelöst. Dabei bemerkt man, dass sie durch die ständige Bewegung des Eises einen beträchtlichen Teil ihres ursprünglichen Umfangs verloren haben. Es wird auf Kurs Nord gegangen, da dort, am äußersten Horizont, ein sehr, sehr schmaler schwarzer Streifen erahnen lässt, freies Meer vorzufinden. Rasch wird ein flacher Eisgürtel erreicht, der etwa eine Meile tief ist. Es werden alle Segel gesetzt, um den Korvetten die höchstmögliche Geschwindigkeit zu verleihen. Kurz darauf rammt die *Astrolabe* den Eispanzer. Dieser bricht auf, die *Astrolabe* dringt weitere zwei, drei Schiffslängen voran – und sitzt fest.

Nun müssen andere Maßnahmen ergriffen werden. Ein Teil der Mannschaft klettert auf das Eis und nimmt dicke Taue zur Hand, die an Deck befestigt sind. Ein weiterer Teil der Leute bewaffnet sich mit Brechstangen und Piken. Sie versuchen, die Eisstücke vor dem Bug des Schiffest wegzustoßen, während die Seilmannschaft das Schiff mit ungeheurer Anstrengung vorwärts zu ziehen beginnt. Die *Zelée* ist dem Beispiel der *Astrolabe* gefolgt und bemüht sich eine halbe Meile links des Führungsschiffes auf dieselbe Weise, vorwärts zu kommen. Die Mühe ist mörderisch, doch Meter um Meter tasten sich die beiden Korvetten vorwärts. Da geschieht das Verhängnis. Die bisherige Windstille wird von einem Nordwestwind abgelöst, welcher den Schiffen praktisch entgegenweht und sie mehr zurückdrückt, als dass sie weiter vorrücken. Der Raumgewinn schwindet auf wenige Fuß pro Stunde. Obwohl nur noch gut eine halbe Meile des Eisfeldes zu durchbrechen ist, ist die Lage nunmehr höchst bedenklich geworden; bis zum Abend dürfte nichts gewonnen werden können. Dumont d'Urville versammelt daraufhin die Offiziere und schlägt ihnen vor, den Versuch abzubrechen und ins Innere des vom Eise umschlossenen Beckens zurückzukehren. Alle stimmen ihm zu, und so werden unter höchsten Anstrengungen die Korvetten gewendet und segeln, mithilfe des dafür nun günstigen Windes, denselben Weg wieder zurück.

Die nächsten Tage werden mit weiteren Versuchen verbracht, den Ausbruch aus dem Eisgefängnis zu wagen. Sobald ein möglicher Kanal oder auch nur Bruch im Eise festgestellt wird, nehmen die Schiffe Anlauf und versuchen den Durchbruch. Jedes Mal allerdings führen die Versuche zu nichts; die Korvetten müssen immer wieder umkehren und finden sich jeweils im nämlichen eisummauerten Becken wieder. Dumont d'Urville bemerkt in einem Gespräch mit Lieutenant de Mas, dass er sich langsam vorkomme wie ein Stück Wild in einem zur Jagd eingezäunten Gehölz. Die zwei Schiffe könnten zwei kapitalen Hirschen ähneln, die immer wieder verzweifelt versuchten, aus dem Gehege auszubrechen und doch immer wieder die Vergeblichkeit ihrer Bemühungen erkennen müssten. Zum Glück weist das Eis vorerst keine Jagdhunde auf, kann de Mas nur feststellen; aber er vermag es nicht, dem Kommandanten durch eine passende Bemerkung neuen Mut einzuflößen.

Um die Mannschaft bei Laune zu halten, kommt Kapitän Jacquinot auf die Idee, den Matrosen die Robbenjagd zu gestatten. Die ganze Zeit zeigen sich auf dem Eise größere und kleinere Gruppen von Robben, die zumeist wie gelangweilt daliegen und von den Menschen auf den großen Schiffen keinerlei Kenntnis nehmen. Etliche Matrosen werden fortwährend bei Jacquinot und anderen Offizieren vorstellig, um die Erlaubnis zur Jagd zu erhalten; wohl auch in der Hoffnung, etwas Abwechslung in die eintönige Schiffskost zu bekommen. Dumont d'Urville stimmt schließlich zu, unter der Bedingung, die Robbenfelle nicht zu beschädigen, sondern dieselben zum Nutzen der Naturforscher an Bord anschließend konservieren zu können. Begeistert ziehen danach fünf Matrosen unter dem Befehl von Fähnrich Montravel mit einer Jolle los. Tatsächlich gelingt es ihnen, fünf Robben zu erlegen und in die Jolle zu packen. Nach etwa zwei Stunden begeben sie sich auf den Rückweg, welcher allerdings inzwischen durch herbeigeströmtes Treibeis vollständig blockiert ist. Zweifellos hätten die Leute zu Fuß über das Eis leicht wieder die *Zelée* erreichen können, doch sie möchten weder ihr Boot noch die Beute im Stich lassen. Also müssen sie nun über eine Strecke von ungefähr einer halben Meile das Boot mitsamt dessen Last über das Eis ziehen. Durch die Unebenheiten und die Scharfkantigkeit der Eisblöcke ist dies aber ein enorm mühseliges Unterfangen, das nicht ohne deutliche Blessuren abgeht. Fast drei Stunden benötigt die Bootsbesatzung für ihren Rückweg, und keiner der sechs Leute einschließlich Montravels hat nachher keine blutigen Hände. Dumont d'Urville ärgert sich, dass er Jacquinots

Bitten nachgegeben hat, denn wie leicht hätte es passieren können, dass die Korvetten inzwischen freie Fahrt gewonnen hätten – und dann hätte man die Gelegenheit verpassen müssen, um die Leute nicht zurückzulassen. Daher ordnet der Kommandant nunmehr an, dass sich niemand mehr von den Schiffen entfernen dürfe, es sei denn, um sich an den Arbeiten zum Voranbringen derselben zu beteiligen.

Immerhin erfreut sich die Mannschaft des erbeuteten Robbenfleisches, obwohl es wahrlich keinen feinen Gaumen zu verwöhnen mag. Es ist dunkelschwarz, sehr ölig und hat eine beinahe lederartige Konsistenz. Die meisten lassen es sich dennoch schmecken; Dumont d'Urville allerdings bekommt nur die Robbenleber serviert, welche er mit einigermaßen essbarer Schweinsleber vergleicht. Der Kommandant ist wenigstens beruhigt, dass die Matrosen im Angesicht der doch ernsten Lage immer noch relativ unbekümmert sind, keine Unruhe verbreiten und anscheinend auf sanfteste Weise schlafen können. Letzteres gelingt Dumont d'Urville immer seltener, zu sehr hält ihn das Bewusstsein wach, die ihm anvertrauten Besatzungen einem ungewissen und möglicherweise schrecklichen Ende inmitten des Eises ausgesetzt zu haben. Glücklicherweise scheint (noch) niemand seine düsteren Gedanken zu teilen.

Wieder vergehen einige Tage mit ebenso vielen Versuchen, das Eis zu durchbrechen. Mal nach Nordwesten, mal nach Nordosten oder auch direkt nach Norden dringen die Schiffe vor, werden gezogen und manövriert, nur um dann doch den Versuch wieder einmal abbrechen zu müssen. Man schreibt mittlerweile den 9. Februar, und noch immer sitzen die Korvetten in ihrem Gefängnis fest.

Unvermittelt setzt ein heftiger Sturm ein, der von Stunde zu Stunde mehr an Stärke zunimmt. Das Meer jenseits der Eisbarriere wogt sehr stark, und immer kräftiger schlägt es gegen die weiße Barriere, die sich zwischen den Schiffen und der offenen See erhebt. Rasch werden zusätzliche Segel gesetzt. Dumont d'Urville ist entschlossen, die Gunst der Stunde zu nutzen und die langsam in Bewegung geratenen Eisblöcke zu durchstoßen. Wirklich gelingt es den beiden Korvetten, Kabellänge um Kabellänge zu gewinnen. Allenthalben muss ein größerer Eisblock mithilfe von Tauen und Stangen beiseite gedrückt und passiert werden, doch dann kann durch den heftigen Wind stets erneut Anlauf genommen werden, um die nächste Strecke freizubrechen. Manchmal legt sich die *Astrolabe* auf geradezu beängstigende Weise auf die Seite, als wolle sie aufgrund des Sturms kentern, aber alles geht gut. Der Druck des Windes in den Segeln schiebt die Schiffe, gleichzeitig drückt der Wind die Eisschollen stark genug auseinander.

Stunden um Stunden verzweifelter Manöver verstreichen, dann ist es geschafft: Der gesamte Streifen festen Eises ist durchbrochen, und nahe vor den Schiffen liegt das wogende, ja aufgewühlte, aber freie Meer! Jetzt gilt es, rasch die noch von losen Eisschollen gefüllte Zone hinter sich zu lassen. Das gelingt trefflich; zwar muss vorsichtig gesteuert werden, um nirgendwo aufzulaufen, doch die Fahrt wird stetig leichter. Endlich erreicht zuerst die *Zelée*, fünf Minuten später auch die *Astrolabe*, nach dem Passieren der letzten Eisblöcke die hohe See. Welche Gefühle durchströmen die gesamte Besatzung doch bei diesem Anblick! Die Matrosen brechen lauthals in Gejohle aus, lassen andauernde Hurra-Rufe erschallen und alle, die nicht mit einer Aufgabe eingespannt sind, tanzen an Deck herum. Aber auch die Offiziere sind erleichtert, beglückwünschen einander und den Kommandanten. Dieser ist unendlich froh. Dumont d'Urville fühlt sich von schwerer Last befreit. Auf seine dunklen Besorgnisse folgen nun wieder Hoffnung und Zuversicht. Er ist jetzt wieder Herr seiner Bewegungen, Pläne, Absichten und Ziele. Dennoch schwört er sich, in Zukunft klüger und weniger waghalsig zu agieren und vor allem dem Packeis künftig mit erheblich mehr Achtung und Ehrfurcht zu begegnen.

Wale und Walfang

Aus dem Tagebuch des Fregattenkapitäns Charles Hector Jacquinot

Wenn eines unsere Fahrt durch das eisige Südmeer geprägt hat, so war dies – außer dem Eise selbst – die Vielzahl von Walen, welche uns begegnet sind, uns teilweise begleitet haben und die wir beobachten konnten. Daher möchte ich meine heutigen Betrachtungen diesen faszinierenden Geschöpfen widmen, da die jetzige Reise von der Westküste Südamerikas in Richtung der pazifischen Inseln im Moment wenig abwechslungsreich ist.

Die von uns gesichteten Wale möchte ich in drei wesentliche Kategorien einteilen, wobei mir bewusst ist, dass dies höchst oberflächlich sein dürfte. Sicherlich gibt es für all diese Walarten zahlreiche Gattungen oder Variationen, die zu entschlüsseln das Studium dieser gewaltigen Wesen mannigfaltig bereichern könnte. Da aber die Walfänger in den südlichen Meeren hauptsächlich zwischen eben jenen drei Walkategorien unterscheiden und sich auf diese Weise die Kenntnis über die Wale in der Öffentlichkeit mehr verbreitet als über wissenschaftlich genaue Beobachtung, müssen wir dieser Einteilung vorerst folgen.

Der bei den Walfängern beliebteste Wal ist der gemeine oder auch arktische Wal. Diese Wale werden relativ groß und sind mit einer ungeheuren Speckschicht versehen. Darüber hinaus sind sie langsam und nicht schwierig zu erlegen, so dass sich die Walfänger geradezu auf diese Tiere stürzen. Ein größeres Exemplar dieser Wale bringt gut und gerne 100 Fässchen Tran, weshalb ein gewöhnliches Walfangschiff von rund 300 Tonnen nur wenige Exemplare erlegen muss, um eine volle Ladung zu erreichen. Tatsächlich ist der gemeine Wal aufgrund der unbarmherzigen Jagd in den arktischen Gewässern bereits selten geworden. Deshalb haben die Walfänger überhaupt erst angefangen, auch in den südlichen Gewässern nach Walen zu suchen, obwohl die Entfernungen hierher viel weiter sind und die Gefahren im südlichen Eise ungleich größer. Allein das Eis ist so tückisch, dass in einem der letzten Jahre von 80 zum Wal- und Robbenfang dorthin ausgelaufenen Schiffen ganze 21 vom Eis umfangen, zerquetscht wurden und schließlich sanken. Zu seinem Glück ist der gemeine Wal im Südmeer fast überhaupt nicht zu finden; während unserer langen Reise entlang des Packeises haben wir nur zwei oder drei Exemplare sichten können. Daher könnte es wohl noch lange dauern, bis die Walfänger dauerhaft das südliche Meer als Jagdgrund für sich entdecken.

Etwas häufiger fanden wir den Buckelwal anzutreffen, jedoch auch nicht mehr als etwa zwei Dutzend innerhalb von drei Monaten. Diese Wale stachen jedes Mal durch den auffälligen Unterschied zwischen Rücken- und Bauchseite hervor; während erstere schwarzblau schimmert, ist letztere fast weiß. Die unfassbar langen Barten machen nahezu die Hälfte seiner ganzen Länge aus, und die Tiere sind mehr als jede andere Walart über und über mit Seepocken und Algen bewachsen. Die Buckelwale werden nicht gerne bejagt, da sie erstens schneller sind als der gemeine Wal und tiefer tauchen können; auch haben sie eine viel weniger dicke Fettschicht, so dass der Fang bei weitem weniger lohnend ist.

Die allermeisten der großen Wale, die wir sichten konnten, gehörten zur Gattung der Finnwale. Sie sind eher in einem braun- bis gelbgetönten Blau gefärbt und weisen oft dunkle Flecken auf. Ihre sehr dünne Speckschicht, aber vor allem ihre außerordentliche Schnelligkeit und Wildheit machen sie eher zu gefürchteten Gegnern als zu einer leichten Beute für jeden Walfänger. Es sind mehrere glaubhafte Nachrichten eingegangen, die von erbitterten Kämpfen zwischen Finnwalen und Walfangbooten berichten (ich selbst konnte einige solcher Augenzeugenberichte im Marinearchiv von Brest zu Gesicht bekommen), und nicht selten hat der kräftige Schwanz eines Finnwals ein Fangboot zerschmettert und Seeleute zu Tode gebracht. Wenn es auch Personen an Bord gibt, welche den Walfang aus wirtschaftlichen Gründen begrüßen, so können insbesondere Fähnrich Marescot und ich es diesen herrlichen Tieren nicht eben verdenken, dass sie ihr Leben teuer zu verkaufen wissen. Jedenfalls werden aus all jenen Gründen Finnwale höchstens dann gejagt, wenn überhaupt keine anderen Wale gesichtet werden können.

Im Übrigen nutzten die allgegenwärtigen Walfangschiffe jede sich bietende Gelegenheit, von uns Erkundigungen über die Sichtungen von Walen einzuholen. Wann immer wir einen Hafen anliefen, wie beispielsweise Talcahuano, suchten die Kapitäne der dort liegenden Walfänger die *Astrolabe* und die *Zelée* auf, um von uns zu erfahren, wie vielen Walen wir in welcher Gegend des Polarmeeres begegnet waren. Wir konnten schlecht die Auskunft darüber verweigern, doch schwanden die Hoffnungen der Walfänger schlagartig ab dem Moment, als wir ihnen erzählten, dass die gesichteten Wale fast alle zur Gattung der Finnwale gehörten.

Mir ist bewusst, dass sich so mancher fragen wird, wie wir die verschiedenen Walgattungen, gerade bei den oft größeren Entfernungen, so genau unterscheiden können. Das ist jedoch gar nicht allzu schwierig, denn der geübte Blick unserer Wissenschaftler, allen voran der Zoologen und des Bordzeichners Monsieur Goupil, erkennt beim Blasen der Wale sogleich, um welche Art es sich dabei handelt. Der gemeine Wale bläst mit einem sehr breiten, aber dafür auch sehr kurzen Strahl; der Strahl des Buckelwals ist mittelhoch, dafür aber am lautesten von allen (manches Mal hat der eine oder andere dieses Blasen für einen Kanonenschuss gehalten); der Strahl des Finnwals schließlich steigt am höchsten und ist aus größter Entfernung zu sehen, wo er häufig wie eine Rauchsäule wirkt.

Die Finnwale zeigten überhaupt die geringste Scheu, sich unseren Schiffen zu nähern und sie geradezu neugierig zu umkreisen. Nicht selten machten diese sich ein anscheinendes Vergnügen daraus, mehrmals unter dem Schiff hindurch zu tauchen und auf der jeweils anderen Seite wieder aufzutauchen. Wenn die Wale so dicht neben der *Zelée* schwammen, konnten wir außerdem verifizieren, dass der Blasstrahl der Wale ganz aus mit hohem Druck herausgepresstem Wasser besteht und nicht etwa, wie manche Wissenschaftler vermutet haben, aus verdichteter Atemluft. An den Finnwalen konnten wir außerdem genauestens das Ernährungsverhalten der Wale beobachten. Es ist nämlich so, dass die Nahrung der drei genannten Walarten, die samt und sonders mit Barten versehen sind, anders als die fleischfressenden Pottwale nahezu ausschließlich aus kleinen und kleinsten Krebstierchen besteht. Die Wale suchen gezielt nach Schwärmen oder Ansammlungen dieser Krebstiere, die sich in den kalten Gewässern milliardenfach tummeln. Haben die Wale einen solchen Schwarm gefunden, legen sie sich auf die Seite und fischen mit ihren gewaltigen, wie ein Netz ausgespannten Barten, Abertausende der winzigen Krebstierchen und pressen diese beim Zusammenziehen der Barten in ihren gewaltigen Magen. Das Schauspiel, einen oder gar mehrere fressende Wale zu beobachten, ist außerordentlich faszinierend und vermochte oftmals unsere Matrosen zu ergötzen.

Leider gehört die Situation, einen Bartenwal fressend anzutreffen, zu denjenigen, die von Walfängern gut ausgenutzt werden können. Zum einen können die Walfänger, wenn sie bei gutem Wetter den Schwärmen der Krustentiere folgen, früher oder später damit rechnen, den Weg von Walen zu kreuzen, die auf der Suche nach eben solchen Krustentieren sind. Zum anderen kann ein Wal, der mit Fressen beschäftigt ist, am ehesten noch durch ein Walfangboot überrascht werden, wenn sich dieses unbemerkt anzuschleichen vermag. Wegen der Nahrungsaufnahme findet man Wale auch häufiger in der Nähe von Küsten oder Eisfeldern, da sich dort die größeren Massen der von den Riesen gesuchten Krustentiere finden. Ebenso suchen viele Walarten geschützte Meeresbuchten oder ruhigere Küstengewässer auf, um ihre Jungtiere zur Welt zu bringen. Wenn auch die Jungtiere selbst noch recht hilflos und eine leichte Beute zu sein scheinen, so sind dagegen die Mutter- und Herdentiere während dieser Zeit außerordentlich wachsam und angriffslustig, so dass der Versuch einer Jagd auf Jungtiere mit höchsten Gefahren für die Walfänger verbunden ist. Besonders tragisch ist es, dass bei der Verwundung eines Wales durch eine Harpune dieser, selbst wenn er den Fängern durch Abtauchen entwischt, die Verwundung oft nicht überlebt, sondern infolge des starken Blutflusses so viel Blut verliert, dass er elendig verendet.

Es bleibt daher zu hoffen, dass das unselige Geschäft der Walfängerei irgendwann ein Ende finden mag. Nicht nur wegen der unbarmherzigen Tötung der vielen Tiere, sondern auch deswegen, weil die Zustände und Lebensbedingungen auf den Fangschiffen größtenteils außerordentlich schlimm und unwürdig sind. Während wir im chilenischen Talcahuano vor Anker lagen, kam beispielsweise der Kapitän des französischen Walfängers Havre auf uns zu und bat darum, unmittelbar neben unseren Korvetten ankern zu dürfen. Er befürchtete nämlich eine Meuterei seiner Matrosen und hoffte, dass die Präsenz unserer Kanonen derlei Absichten Einhalt gebieten würde. Wir erlaubten es ihm, doch teile ich mit unserem Kommandanten die Besorgnis, dass solcherlei Umstände keinesfalls geeignet sind, das Vertrauen in diese Sparte der Seefahrt zu fördern. Nicht ohne Grund erlauben es viele südamerikanische Häfen den Besatzungen der Walfänger nicht, an Land zu gehen oder doch nur unter der Aufsicht von chilenischen Beamten, die den Landgang dieser harten und unleidlichen Gesellen streng überwachen.

Die Besatzung eines Walfängers mit vier Fangbooten besteht gewöhnlicher Weise aus folgenden Personen: Der Kapitän, sein Stellvertreter und ein Navigator; etwa vier Bootsführer, vier Harpuniere, ein Arzt, ein Zimmermann, zwei Böttcher, ein Koch, ein Schmied, ein oder zwei Hausmeister und sechzehn Matrosen. Bei größeren Schiffen erhöht sich die Anzahl derselben mit jedem Boot entsprechend. Ausgenommen die Offiziere und der Arzt, handelt es sich durchweg um grobschlächtige, harte und unleidliche Menschen, die in der Marine oder der sonstigen Schifffahrt keine Anstellung finden würden. Man muss dabei zugestehen, dass das Entlohnungs- und Prämiensystem im Walfanggeschäft so angelegt ist, dass die einfachen Matrosen im höchsten Maße benachteiligt sind und bei mangelndem Fangerfolg weitgehend leer ausgehen. Die Fangprämie für einen Matrosen beläuft sich zumeist auf den 232. Teil der Ladung. Das heißt, bei einem Schiff von 2000 Tonnen beträgt ein solcher Anteil achteinhalb Tonnen, mit einem Verkaufswert von 600 bis 700 Franc. Kann das Schiff aber keine volle Ladung zusammenbekommen, so sinkt der Anteil eines Matrosen entsprechend, weshalb er dann kaum einen vernünftigen Lohn erhält. So kommt es nicht selten vor, dass etliche Matrosen ein Schiff in einem Hafen freiwillig oder heimlich verlassen, wenn der Fang schlecht ausgefallen ist und keine lohnende Prämie in Aussicht steht. Oder aber, wie erwähnt, es kommt zu Meutereien, um den Kapitän zu entmachten. Dieser nämlich erhält einen ungleich höheren Anteil als jeder andere auf dem Schiff, etwa den 15. Teil der Fracht. Bei einem Schiff derselben Größe beträgt dieser Anteil nicht weniger als 133 Tonnen, mit einem Wert von wenigstens 10.000 Franc. Selbst bei einer nicht vollständigen Beladung profitiert ein Kapitän demnach immer von einer Fangreise, was natürlich den Unmut unter der Besatzung nicht unbeträchtlich erhöht.

In einem Gespräch mit Fähnrich Marescot über die Umstände des Walfanggeschäfts war ich mir daher schnell mit ihm einig, dass es – um die besagten Missstände abzustellen – einer Anzahl strenger Gesetze bedürfte, um eine bessere Entlohnung, einen geordneten Handel und vor allem eine weniger exzessive Jagd durchzusetzen. Gleichermaßen waren wir uns aber im Klaren, dass die Durchsetzung solcher Gesetze außerordentlich schwierig wäre; die Unmenge von verschiedenen Fangflotten und die Vielzahl der internationalen Häfen, die den Walfängern Anlaufmöglichkeiten bietet, würden eine Ordnung und Überwachung wohl unmöglich machen. Nur einmal angenommen, diese Gesetze würden für die französischen Walfänger gelten: Es müssten sodann in allen Gegenden und Häfen der Welt französische Beauftragte mit entsprechenden Befugnissen vor Ort sein, um allein die französischen Schiffe zu überwachen. Dies scheint uns jenseits jeglicher Umsetzbarkeit zu liegen. Und selbiges für alle anderen Nationen einzurichten, wird zweifellos noch unmöglicher sein. Daher wird es leider unvermeidlich sein, dass die gegenwärtigen Zustände des Walfangs noch längere Zeit anhalten; entweder, bis die Industrie und die Wirtschaft auf die Erzeugnisse des Walfangs gänzlich verzichten können, oder bis die herrlichen Tiere samt und sonders aus den Meeren verschwunden sein werden.

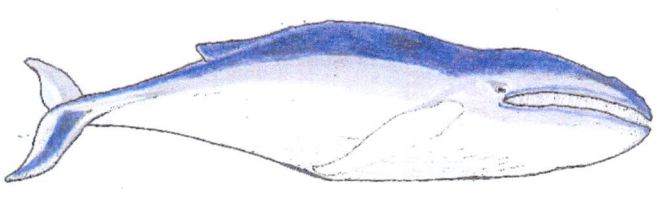

Rorqual Noueux, megaptera novaeangliae

Skorbut

Jacques Hombron hastet durch die Gänge der *Astrolabe*. Beinahe stößt er mit dem soeben aus der Offiziersmesse kommenden Schiffskoch zusammen, als er ohne anzuhalten um eine Ecke eilt. Der Koch hat Mühe, seine Teller und Gläser festzuhalten und schaut dem Arzt ungehalten nach. Der aber hat die Begegnung nicht einmal bemerkt, sondern setzt seinen weg unbeirrt fort. Energisch klopft er an die Tür zur Kabine des Kommandanten.

„Herein!", ertönt es leicht ungehalten hinter der Tür. Hombron tritt ein und schließt die Kabinentür sorgfältig hinter sich zu.

„Ah, Sie sind es, Monsieur le docteur", begrüßt ihn Dumont d'Urville. „Was kann ich für Sie tun? Es darf allerdings nicht allzu lange dauern; ich bin soeben dabei, die neu entdeckten und kartierten Inseln in das Expeditionsjournal zu übertragen. Dies erfordert äußerste Sorgfalt, wenn Sie verstehen."

„Das ist mir durchaus bewusst und ich störe Sie auch nur äußerst ungern", entgegnet Hombron ungeduldig. „Aber hören Sie, mon commandant, es ist mehr als dringend und ich fürchte, es ist geradezu eine Katastrophe!"

„Eine was? Wie kommen Sie denn darauf?"

„Skorbut!"

Nur ein einziges Wort, doch es genügt. Alle Farbe ist schlagartig aus dem Gesicht Dumont d'Urvilles gewichen. Fassungslos starrt er den leitenden Arzt der *Astrolabe* an, unfähig ein Wort herauszubringen. Nach einer schier endlos scheinenden Minute fühlt sich Hombron bemüßigt, seine Aussage zu ergänzen.

„Es kann kein Zweifel bestehen. Ich habe drei Leute, die die gleichen, unzweideutigen Anzeichen der Krankheit aufweisen: Müdigkeit und Erschöpfung, Knochenschmerzen, ein beginnender Ausschlag auf der Haut ... es ist nur eine Frage der Zeit, bis weitere Symptome zu sehen sein werden."

Endlich löst sich Dumont d'Urvilles Bewegungsunfähigkeit.

„Nein, das – das kann nicht wahr sein", sagt er stockend. „Wie – wie ist das überhaupt möglich? Als wir uns vor elf Jahren mit der *Astrolabe* über drei Monate lang im tiefsten Winter von Teneriffa nach Australien gequält haben, ist die Mannschaft ebenfalls extrem strapaziert worden, aber wir hatten keinen einzigen Fall von Skorbut an Bord! Wieso jetzt? Wieso gerade auf dieser Reise?"

Hombron streicht sich grübelnd über das Kinn.

„Das ist mitunter schwer zu vergleichen", meint er schließlich. „Möglicherweise spielt es eine Rolle, dass dies ein außerordentlich feuchtes Winterklima ist. Die Feuchtigkeit durchdringt geradezu jeden Winkel des Schiffes, während ein trockener Winter der Gesundheit womöglich zuträglicher ist. Womöglich hat auch die durchlebte Gefahr und die Erinnerung daran eine Wechselwirkung mit solcherlei Erkrankungen."

„Hm, das mag sein. Für wie schlimm halten Sie denn die Lage der Kranken?"

„Die drei bislang betroffenen Matrosen sind dienstunfähig, aber zum Glück noch nicht bettlägerig. Sofern wir innerhalb von zwei Wochen einen Hafen erreichen mit der Möglichkeit, sie mit frischen Lebensmitteln zu versorgen, könnten wir glimpflich davon kommen."

„Zwei Wochen? Das dürfte schwerlich zu schaffen sein", zweifelt Dumont d'Urville. „Der nächstliegende Hafen ist Talcahuano in Chile. Selbst wenn wir jetzt umkehren und direkten Kurs nehmen, müssen wir mit mindestens zwanzig Tagen Fahrt rechnen."

„Dann sollten Sie unverzüglich handeln, mon capitaine. Verzeihen Sie, wenn ich derart insistiere, doch als Arzt kann ich nichts anderes empfehlen".

Hombron hat sehr eindringlich gesprochen. Der Kommandant ist sich bewusst, dass er den Rat des Schiffsarztes nicht ignorieren kann. Es ist nicht so, dass ihn das Schicksal seiner Mannschaft nicht berühren würde; im Gegenteil, der Gedanke, die Seeleute mit seinen Unternehmen durchaus auch physischen Qualen auszusetzen, plagt ihn oft. Dennoch weiß er ganz genau, dass damit vorerst der Versuch, zum Südpol vorzudringen, abgebrochen werden muss und frühestens im nächsten Jahr wiederholt werden kann. Denn von Chile aus muss zunächst die Erforschung Ozeaniens in Angriff genommen werden. Und dafür wird ein Jahr kaum reichen ...

„Also gut", seufzt Dumont d'Urville. „Ich werde der *Zelée* signalisieren lassen, dass Kapitän Jacquinot zu uns übersetzen soll, dann kann ich ihm die Lage erklären."

„Könnten Sie dafür sorgen, dass auch Monsieur le Gouillou oder Monsieur Honoré Jacquinot mitkommen? Es könnte ratsam sein, sich nach dem Krankenstand auf der *Zelée* zu erkundigen."

„Ich werde es veranlassen. Halten Sie sich bereit, wenn nötig."

Der Arzt nickt, salutiert seinem Kapitän und verlässt die Kabine. Zwei Stunden später betritt er sie erneut, nachdem Kapitän Jacquinot und Doktor le Gouillou eingetroffen sind.

Die Nachrichten sind niederschmetternd. Nicht nur, dass auf der *Zelée* ebenfalls der Skorbut in Erscheinung getreten ist. Die schiere Anzahl der bereits Erkrankten übersteigt alles Vorstellungsvermögen – fünfzehn Mann sind dienstunfähig und weitere vierzehn bereits bettlägerig! Dumont d'Urville kann es nicht fassen. Er fragt nach, ob er denn diese Zahlen richtig verstanden habe. Jawohl, beteuert Jacquinot, er habe richtig gehört.

Daraufhin macht der Kommandant dem Kapitän der *Zelée* heftige Vorwürfe. Wie könne Jacquinot diesen enormen Krankenstand bloß so lange verschweigen! Auf der *Astrolabe* sei man wegen dreier Kranker schon in äußerster Besorgnis, und nun dies! Vor Tagen schon hätte man es ihm melden müssen, betont Dumont d'Urville. Die beiden Ärzte schauen sich betreten an, haben sie den Kommandanten doch noch nie so außer sich erlebt; es ist ihnen sehr unangenehm, die Szene mit ansehen zu müssen. Jacquinot selbst schweigt, versucht gar nicht erst, sich zu rechtfertigen. Er weiß um sein Versäumnis.

Endlich ist Dumont d'Urville mit seinen Unmutsäußerungen fertig. Ein, zwei Minuten sagt niemand etwas, so können alle wieder etwas zur Ruhe kommen. Anschließend bedarf es nur weniger Worte, um die einzig richtige Entscheidung zu treffen: Sofortiger Kurs auf die Bucht von Concepcion und den dortigen Hafen von Talcahuano!

Erschwert wird die Sache dadurch, dass die *Zelée* nicht unter vollen Segeln laufen kann. Es sind zu wenig einsatzfähige Männer übrig, die für die Bemannung der Takelage erforderlich wären.

„Könnte man nicht einige Matrosen der *Astrolabe* zeitweilig auf die *Zelée* versetzen?", überlegt Jacquinot. „Der niedrige Krankenstand der *Astrolabe* könnte solches ja erlauben."

Doch schnell wird dieser Gedanke verworfen. Eine solche Maßnahme würde unweigerlich die Besatzung über den Ernst der Lage vollends alarmieren. Dumont d'Urville und die beiden Ärzte sind sich einig, dass es besser ist, die Mannschaft nicht über die wahre Ursache der Krankheitsfälle in Kenntnis zu setzen. Noch ist auf den Schiffen der Name Skorbut noch nicht gefallen, und je länger das so bleibt, desto mehr wird sich die Zuverlässigkeit und Sicherheit der Mannschaft verlängern. Der Kommandant schwört die Anwesenden und später alle Offiziere nochmals auf äußerste Verschwiegenheit ein. Darüber hinaus verabredet man eine Vorgehensweise, wie die Schiffe verfahren werden, sollten sie sich einmal des Nachts oder im Nebel aus den Augen verlieren. Es kommt nicht in Frage, dass eines auf das andere warten kann, also wird man sich notfalls in Talcahuano wiedertreffen.

Die Fahrt in Richtung Chile verläuft quälend langsam. Der Wind zeigt sich sehr launisch, es kommt des Öfteren zu völliger Windstille oder schwachem Wind aus ungünstiger Richtung. Am 18. März ist der Skorbut gemeldet worden, doch erst am letzten Märztage beginnt der Wind dauerhaft kräftig zu wehen, so dass die Korvetten sich dem Zielort schneller annähern. Die Zahl der Kranken nimmt inzwischen fast täglich zu, mittlerweile sind es auch auf der *Astrolabe* nicht weniger als zwanzig, davon zwei bettlägerige. Auch einige der Offiziere fühlen, wie sich bei ihnen die ersten Anzeichen der Krankheit zeigen. Leutnant du Bouzet von der *Zelée* meldet am ersten April, dass der Matrose Lepreux der Krankheit erlegen ist. Er wird auf See bestattet.

Dumont d'Urville, der sonst so sehr auf sichere Fahrt bedachte Kommandant, wird zunehmend nervöser. Als die Küste Chiles in Sicht kommt, erlaubt er den Offizieren mehrmals engere und riskantere Manöver, um die Fahrzeit abzukürzen. Obwohl er weiß, dass die Bucht von Concepcion gerade nachts durchaus schwer zu navigieren ist, wagt er dennoch die Einfahrt bei sehr schwachem Mondschein, um nicht noch einen Tag zu verbrauchen. Am frühen Morgen des achten April können die beiden Schiffe endlich Anker werfen.

Seit langem herrscht unter Seeleuten der Glaube, dass bereits der Anblick festen Landes einen an Skorbut erkrankten Menschen weitgehend zu heilen vermag. Dumont d'Urville hat bislang auf derlei Meinungen wenig gegeben. Nun muss er sich überzeugen, dass diese Behauptung nicht ganz der Wahrheit widerspricht. Bei den Besatzungsmitgliedern, vom einfachen Matrosen bis hin zu den Offizieren, welche sich an Deck aufhalten, kehrt schlagartig etwas Farbe ins Gesicht zurück. Hände, die vor Schmerz zuletzt nichts mehr anfassen konnten, klopfen einander aufmunternd auf die Schultern. Augen, die trüb und ermattet geworden waren, erhalten Glanz und Hoffnung zurück.

Die Aussicht, die sich den Besatzungen der beiden Korvetten beim Einlaufen in die Bucht bietet, ist allerdings auch überaus überwältigend. Die sanft ansteigenden Hügel der Halbinsel, abwechselnd von schönen Gärten, bunten Obsthainen und grünen Baumflächen bedeckt, sind geradezu eine Wohltat für das Auge. Die bescheidenen, aber sauberen Holzhäuser der Stadt vermitteln ein Gefühl heimatlicher Bodenständigkeit. Der Gesang von Vögeln, das Blöken von Haustieren, das Geräusch vielfältiger Hand- und Hausarbeit der Einwohner von Talcahuano erweist sich als Balsam für das Gemüt.

Derart gestärkt, kann die Mannschaft mit einer letzten großen Kraftanstrengung darangehen, das Ausschiffen von Bord vorzubereiten. Auch die Offiziere müssen mit Hand anlegen, um den Mangel an notwendigen Matrosenhänden auszugleichen; allein auf der *Zelée* sind von vierzig Erkrankten nicht weniger als zweiunddreißig ans Bett gefesselt. Dumont d'Urville, die Schiffsärzte und ein Teil der Offiziere suchen den französischen Vizekonsul Bardel auf, um die Anmietung eines als Lazarett geeigneten Gebäudes und die Lieferung von Lebensmitteln zu organisieren. Der Vizekonsul erweist sich als fähig und hilfsbereit, so dass in weniger als zwei Stunden alles in die Wege geleitet werden kann. Unter der Aufsicht von Kapitän Jacquinot werden Fleisch, Gemüse, Obst und Milchprodukte und deren Lieferung zum Hafen geordert; in einem großen, für 80 Franc im Monat gemieteten Lagerhaus richten die Ärzte mit Unterstützung der Zimmerleute die Liegestätten für die Kranken ein. Die Lieferungen und Arbeiten machen so gute Fortschritte, dass bereits am Nachmittag die ersten Leute von Bord an Land gebracht werden können. Das angenehme Klima des gut durchlüfteten Gebäudes tut den Männern gut, erst recht nun auch die frischen und beinahe erstaunlich hochwertigen Lebensmittel.

Auf diese Weise ist ein großes Unglück, der drohende Tod eines großen Teils der Besatzung, gerade noch einmal abgewendet. Alle Kranken erholen sich in den folgenden Tagen wieder vollständig – alle bis auf eine einzige Ausnahme. Obwohl die meisten sich sehr vernünftig verhalten und dem Rat der Ärzte für ihre Genesung folgen, schlagen einige in Bezug auf unbändigen Genuss von Alkohol und unmäßige Völlerei allzu sehr über die Stränge. Der Matrose Russel, obschon an heftigen Magenkrämpfen leidend, verschlingt einen Napf Suppe nach dem anderen und lässt sich weder von Doktor Hombron noch von den Kapitänen höchstpersönlich bändigen. Am 18. April verstirbt er schließlich, das letzte und dabei völlig unnötige Opfer des Skorbuts.

Jeden Tag kehren nun ein oder mehrere Leute aus dem Krankenlogis zurück und nehmen nach ein wenig weiterer Erholung den Dienst an Bord wieder auf. Allmählich erreicht die Anzahl arbeitsfähiger Leute die halbe Besatzungsstärke. Jetzt ist es Zeit, die notwendigen Ausbesserungsarbeiten an den Schiffen aufzunehmen. Dazu müssen die Schiffe auf dem Strand gezogen werden, um die angeschlagenen Kupferbeschläge an den Rümpfen wieder herzustellen und alle Fugen neu zu kalfatern. Segel werden geflickt, verschlissene Taue ersetzt, kaputte Hölzer ersetzt – kurzum, alles wird getan, um die Korvetten für die nächste Etappe der Weltumsegelung, so gut es eben ohne Werft geht, zu ertüchtigen.

Die Sorge um die Kranken

Aus dem Tagebuch des Schiffsarztes Èlie de Gouillou

Tiefste Besorgnis erfüllt mich angesichts des Zustandes der Besatzung und noch viel mehr angesichts des geradezu unverantwortlichen Umgangs des Kommandanten mit der schrecklichen Krankheit und dem Leiden der Matrosen. Zwei derselben, die Matelots Lepreux und Russel, sind dem Skorbut erlegen; und wir verdanken es wohl allein der Gnade Gottes, dass es nicht noch viel mehr geworden sind. Gerade noch rechtzeitig haben wir den rettenden Hafen erreicht, um die Mannschaft von Bord bringen und mit frischen Lebensmitteln versorgen zu können.

Es ist wahrlich erschreckend, wie Kommandant Dumont d'Urville versucht hat, das Ausmaß der Krankheit vor der gesamten Besatzung zu verbergen. Kaum, dass wir Ärzte die Kapitäne von der wahren Natur des Übels unterrichtet hatten, hat er uns zu dem Eide gezwungen, vor niemandem den Namen „Skorbut" auszusprechen und die Erkrankten mit allerlei Vorwänden zu beruhigen. Noch nie habe ich mich so schämen müssen, leidende Menschen im Angesicht des drohenden Todes hinters Licht führen zu müssen.

Doch damit ist es dem Kommandanten noch nicht genug. Heute, nicht einmal vier Wochen nach dem Einlaufen in Talcahuano, hat er den Befehl erteilt, die beiden Korvetten zum Auslaufen vorzubereiten. Obwohl die meisten der Erkrankten mittlerweile an Bord zurück sind, ist doch ihr Gesundheitszustand bei weitem nicht als geheilt anzusehen. Beim ersten Anlass und dem ersten Mangel an frischer Kost wird der Skorbut unweigerlich erneut und mit gesteigerter Heftigkeit wüten. Ich halte es daher ganz und gar für ausgeschlossen, die Reise fortsetzen zu können. Vielmehr wären ein weiterer, mehrwöchiger Genesungsaufenthalt und eine deutliche Verkürzung der geplanten Reiseroute geboten. Ich kann in keiner Weise verstehen, wie Doktor Hombron, mein Kollege auf der *Astrolabe*, zu dem Urteil gelangen kann, die Leute seien zur Fortsetzung der Reise fähig. Verfügt er über keine Menschenfreundlichkeit?

Das größte Unrecht Dumont d'Urvilles besteht nun darin, die fünf bis sechs Matrosen, welche unzweifelhaft noch nicht wiederhergestellt sind und keinesfalls diensttauglich sind, in Valparaiso – der nächsten Station der Schiffe – absetzen zu wollen. Die Leute gehören zur Mannschaft, und ihr Zurücklassen beraubt sie der Vertrautheit ihrer Kameraden und womöglich eines Großteils ihres Soldes, der ihnen bei Fortsetzung der Fahrt zustünde. Wenn eine Trennung der Expeditionsmannschaft erforderlich ist, so doch diese, nämlich die *Zelée* mit allen beeinträchtigten und schwächeren Besatzungsmitgliedern nach Frankreich zurückzusenden. So könnten alle Betroffenen die Expedition auf geordnete Weise beenden und in der Heimat die vollständige Erholung erlangen. Wenn der Kommandant unbedingt großen Ruhm ansammeln möchte, so könnte er dies auch mit der *Astrolabe* und allen willigen und völlig gesunden Leuten allein bewältigen.

Vorerst bleibt mir nichts anderes übrig, als das schlechte Spiel weiter mitzumachen. Was nützte es, wenn ich als Zeichen meines Protestes die Expedition allein verließe; wer kümmerte sich dann um die Mannschaft an Bord der *Zelée* und träte als Advokat ihrer Rechte auf? Ich muss also wohl oder übel an Bord bleiben. Allerdings werde ich nicht aufhören, mit äußerster Sorgfalt über die Gesundheit der Leute zu wachen und den Kommandanten sowie Kapitän Jacquinot unermüdlich die Gefahren ihres Handelns vor Augen zu halten. Vielleicht gelingt es mir mit der Zeit, meinem Anliegen doch etwas mehr Gehör zu verschaffen.

Verluste

Aus einem Brief von Adèle Dumont d'Urville, zugestellt in Valparaiso, Chile

Mein geliebter Ehemann,

wenn Euch dieser Brief erreicht, dann werdet Ihr Eure Mission zur Erkundung der südlichen Eisregionen bereits abgeschlossen haben. Das wäre ein guter Zeitpunkt um heimzukehren, nicht wahr? Wieso, werdet Ihr fragen. Nun, um Eure Familie zu trösten und uns beiden beizustehen. Ja, Ihr lest richtig – wir sind nur noch zu zweit. Kaum, dass Ihr den Hafen verlassen habt, ist unser Sohn Émile von uns gegangen.

Warum schenkt mir der Himmel Kind um Kind, bloß um sie mir wieder so grausam wegzunehmen? Ihr habt mich so viel gekostet. Unseren ersten Sohn während Eurer letzten Reise, Adolphe und unsere wundervolle Sophie zwischen den Reisen, und nun auch noch Émile. Nur noch Jules ist uns geblieben, und ich zittere jeden Tag um sein Leben. Ruhm, Ehre, Reichtümer: Was sind sie wert? Ich verfluche sie!

Bitte kehrt zurück. Ich bete darum jeden Tag, dass Ihr die Segel setzt und hierher zurück eilt. Warum musstet Ihr diese Reise überhaupt antreten? Wäret Ihr zu Hause gewesen, so bin ich sicher, dann wäre das arme Kind bestimmt bei uns geblieben. Wir wären eine richtige Familie, daheim und zusammen. Doch Eure Abreise hat alles zerstört.

Bitte kehrt heim! Sucht nicht länger nach Ruhm und Abenteuer, sucht nach Eurer Familie. Hört auf die Stimme Eurer armen Gemahlin und Eures letzten lebenden Kindes Jules, der diesen Brief ebenfalls unterzeichnet. Kehrt heim, mein Geliebter!

Eine neue Aufgabe

Auf dem Navigationsdeck herrscht emsige Geschäftigkeit. Dumont d'Urville steht am Kartentisch und bespricht mit den Schiffsoffizieren den geplanten Tageskurs. Lieutenant Duroche als diensthabender Wachoffizier meldet soeben die seit Sonnenaufgang zurückgelegte Wegstrecke, welche von Lieutenant Roquemaurel sogleich mit Crayon und Lineal auf der Seekarte eingetragen wird. Dabei blicken alle Offiziere aufmerksam auf ihren Kommandanten, während dieser die vorgesehenen Etappen erläutert.

Unbemerkt von den Offizieren betritt Johann Niederhauser den Raum und blickt sich suchend um. Nach einigen Augenblicken hat er die richtige Person entdeckt. Es kommt gelegen, dass Fähnrich Marescot etwas abseits von den höheren Offizieren steht, denn eigentlich wird es ungern gesehen, dass Besatzungsmitglieder die Offiziere bei irgendwelchen Besprechungen stören, Notfälle natürlich ausgenommen. So aber fasst sich Niederhauser ein Herz und tritt an den Fähnrich heran.

„Monsieur Marescot?"

„Ja, was gibt es?"

„Ihr Sextant, Monsieur. Ich habe ihn repariert."

„Wie, Sie haben ihn repariert? So schnell? Das ist doch gar nicht möglich", ruft Marescot verblüfft aus.

„Aber doch, Monsieur l'Enseigne. Sie können ihn wieder verwenden. Bitte, hier ist er", entgegnet Niederhauser und hält dem Fähnrich den messingglänzenden Spiegelsextanten hin.

Der immer noch völlig erstaunte und beinahe fassungslos dreinblickende Offizier nimmt das Instrument aus den Händen des Schweizers und dreht es so behutsam, als sei es ein rohes Ei, hin und her. Tatsächlich scheint die Halterung des Zeigerarms tadellos repariert zu sein. Würde Marescot nicht wissen, dass sie wenige Stunden zuvor noch anscheinend irreparabel zerbrochen gewesen ist, könnte er sie für ein original fabrikneues Bauteil halten. Er bewegt den Zeigerarm langsam am Gradbogen hin und her – auch dies funktioniert einwandfrei. Alle Teile lassen sich geschmeidig und ruckelfrei bewegen und wieder feststellen, nicht das leiseste knirschende Geräusch ist zu vernehmen. Kein Zweifel, Niederhauser hat vorzügliche Arbeit geleistet.

Langsam lässt der Fähnrich den Sextanten sinken und blickt Niederhauser nachdenklich an. Niemals, so muss er sich eingestehen, hätte er angenommen, dass dieser unauffällige, schlichte ehemalige Schiffbrüchige mehr sein könnte als eine zusätzliche Hilfskraft für einfachste Tätigkeit an Bord der Korvette: das Deck schrubben, Planken kalfatern, Segel flicken, dem Koch beim Aufwasch zur Hand gehen und ähnliches mehr. Niederhauser hat sich diesen niedrigen, ja verachteten Tätigkeiten widerspruchslos unterworfen und sie die ganzen Monate über klaglos ausgeführt. Hätte man ihm vor vorneherein mehr zutrauen müssen?

Unschlüssig wiegt Marescot seinen Kopf hin und her. Sicherlich ist die Auffindung der schiffbrüchigen (oder vielmehr: gestrandeten) Männer in der Magellanstraße ein bemerkenswertes Ereignis gewesen. Der Bericht Johann Niederhausers und seines Gefährten John Birdine über ihre Odyssee von einer verlassenen Robbeninsel bis hin zur Magellanstraße und über ihr mehrmonatiges Leben unter den Patagoniern hatte vom Leichtmatrosen bis zum Kapitän faszinierte lauschende Zuhörer gefunden. Die Dolmetscherdienste der beiden hatten die anschließende Verständigung mit den patagonischen Ureinwohnern ungemein erleichtert. Doch nachdem die *Astrolabe* und die *Zélée* Patagonien hinter sich gelassen hatten, waren derlei Dienste nicht mehr notwendig gewesen, und ganz selbstverständlich hatte man die beiden zum Arbeitsdienst auf den Schiffen eingeteilt. Arbeiten gegen Kost und Logis, eine faire Sache. Angemessen, wie er geglaubt hatte. Oder hat Kapitän Dumont d'Urville nicht doch einmal erwähnt gehabt, der Schweizer sei irgendein Handwerker gewesen?

Niederhausers Stimme reißt den Fähnrich aus seinen Gedanken.

„Ist alles in Ordnung, Monsieur? Benötigen Sie mich noch?"

„Benötigen? Nein, Sie können gehen, es ist alles in bester Ordnung ... oder doch, warten Sie!", verbessert sich Marescot. Ihm ist plötzlich etwas eingefallen, womit er dem schlichten Handwerker wenigstens ein wenig Anerkennung verschaffen kann.

„Es gäbe da tatsächlich noch etwas. Wenn Sie mir bitte folgen möchten, Niederhauser?"

Nicht recht im Bilde, was Fähnrich Marescot von ihm wollen könnte, folgt ihm Niederhauser unsicher, gleichzeitig nickend und schulterzuckend. Der Weg erweist sich als kurz und führt lediglich auf die andere Seite des Navigationsdecks, auf dem man sich gerade befindet. Dort angekommen, verschluckt sich Niederhauser beinahe, als er gewahr wird, wen Marescot dort anzusprechen beginnt.

„Verzeihung, mon capitaine. Darf ich Sie einen Augenblick stören?", fragt der Fähnrich soeben.

Dumont d'Urville wendet sich um und sieht seinen Offizier leicht verwundert, jedoch nicht unfreundlich an.

„Nun, ich denke schon. Was liegt an, Marescot?"

„Erinnern Sie sich an den kaputten Sextanten von heute Morgen?"

„Aber ja", nickt Dumont d'Urville und runzelt sogleich seine Stirn. „Sehr ärgerlich, das Ganze. Haben Sie inzwischen die *Zèlée* kontaktieren können, um herauszufinden, ob dort noch ein Ersatzgerät auf Lager ist?"

„Mit Verlaub, Monsieur, das ist nicht mehr notwendig", meint Marescot und erlaubt sich ein vorsichtiges Lächeln. „Schauen Sie hier – das ist der betreffende Sextant. Wiederhergestellt und vollständig gebrauchsfertig."

Der Expeditionskommandant starrt seinen Fähnrich jetzt mit demselben Blick an, welchen Marescot zuvor Johann Niederhauser zugeworfen hat.

„Ich verstehe nicht. Wie – oder vielmehr, was – ist mit dem Gerät geschehen? Haben Sie etwa ein Wunder gewirkt?"

„Nicht ich habe das Wunder vollbracht, Monsieur. Das war unser junger Freund hier – Johann Niederhauser", erklärt Marescot und zieht den Schweizer, der sich respektvoll ein paar Schritte zurückgehalten hat, etwas näher an den Kapitän heran.

„Wie? Unser halber Patagonier? Sie können technische Wunder vollbringen?", staunt Dumont d'Urville.

Niederhauser lächelt verlegen.

„Nein", entgegnet er. „Ich bin lediglich meinem Handwerk nachgegangen. Einst habe ich den Beruf des Uhrmachers gelernt, und anscheinend sind mir nicht alle

Fertigkeiten verloren gegangen. Als ich heute den zerbrochenen Sextanten gesehen habe, hat mir Monsieur Marescot freundlicherweise erlaubt, mich an einer Reparatur zu versuchen. Ich bitte um Verzeihung, falls es Ihnen unrecht gewesen sein sollte."

„Nein, nein – keineswegs", versichert Dumont d'Urville. „Es gibt keinen Grund, sich zu entschuldigen, Niederhauser. Ganz im Gegenteil – ich bin außerordentlich angetan von Ihrer Arbeit. Wirklich hervorragend. Das Instrument sieht ja fast besser aus als zuvor!"

Nachdenklich streicht sich der Kommandant mit der Hand über sein Kinn.

„Ich fürchte beinahe", sagt er schließlich, „Sie könnten es erwähnt haben, als wir Sie damals in Feuerland aufgenommen haben; sowohl die Tatsache, dass Sie Handwerker sind als auch gar Ihren exakten Beruf. Allerdings hatte ich das wohl wieder völlig vergessen."

„Das macht doch nichts", meint Niederhauser schlicht.

Dumont d'Urville hat währenddessen begonnen, mit langsamen Schritten auf dem Navigationsdeck hin und her zu gehen.

„Nun", spricht er so leise, dass es kaum zu verstehen ist, „vielleicht macht es doch etwas …"

„Lieutenant Duroche!", hallt Dumont d'Urvilles Stimme plötzlich und entschlossen über das Deck.

Der Angesprochene lässt das Fernrohr, durch welches er gerade geblickt hat, sinken und eilt zu seinem Kommandanten herüber.

„Sie wünschen, mon Capitaine?"

„Sagen Sie, Duroche, wie steht es denn um Ihre defekte Taschenuhr? Haben Sie sie mittlerweile reparieren können?"

„Wie meinen – ach nein, habe ich nicht", entgegnet Duroche leicht verdutzt. „Ich vermochte die Reparatur nicht selbst auszuführen, und es ist mir nicht gelungen, jemanden zu finden, der es kann. Wir haben einfach niemanden an Bord der Schiffe, der sich auf feinmechanische Arbeiten versteht, Monsieur."

„Au contraire, mon lieutenant", korrigiert ihn Dumont d'Urville. „Wir haben. Sie kennen ja unseren Gast, der seit Patagonien auf der *Astrolabe* mitreist".

Mit diesen Worten weist d'Urville auf den zwischen ihm und Marescot stehenden Johann Niederhauser.

„Monsieur Niederhauser ist seines Zeichens Uhrmacher und hat sich als außerordentlich geschickter Experte für genau solche feinmechanischen Reparaturen erwiesen. Ich denke, er wird sich Ihrer Uhr gerne annehmen, Duroche."

„Tatsächlich?", fragt Duroche, noch etwas skeptisch.

„Aber gerne, Monsieur", nickt Niederhauser zustimmend.

„Sehr schön", meint der Kommandant. „Im Übrigen würde ich gerne folgendes verfügen, wenn Sie einverstanden sind, Niederhauser: Ab sofort entbinde ich Sie von allen Arbeiten als Aufwärter und Helfer und betraue Sie dafür mit den Aufgaben eines Bordmechanikers und der Wartung aller an Bord befindlichen Präzisionsinstrumente. Was sagen Sie dazu?"

Johann Niederhauser sagt zunächst einmal gar nichts. Zu überrascht und überwältigt zeigt er sich angesichts des großzügigen und vertrauensvollen Angebots d'Urvilles. Doch er fängt sich alsbald wieder und versichert dem Kapitän, dass er die neue Aufgabe sehr gerne annehmen wolle und er entschlossen sei, das in ihn gesetzte Vertrauen nicht zu enttäuschen. Dumont d'Urville nickt wohlwollend, Fähnrich Marescot lächelt vielsagend, und damit ist die Sache beschlossen.

Der neue Bordmechaniker repariert nicht nur Leutnant Duroches Uhr. Wie sich herausstellt, befinden sich zahlreiche Instrumente und Geräte der Expedition in einem geradezu beklagenswerten Zustand. Das ist eigentlich kein Wunder, denn inzwischen befinden sich die Schiffe seit mehr als einem halben Jahr auf See und niemand hat sich seit der Abreise ernsthaft um die Gerätewartung gekümmert. Niederhauser reinigt und pflegt die Navigationsinstrumente, die chirurgischen Instrumente des Schiffsarztes, sämtliche Schiffschronometer und die Uhren der Besatzung sowie allerlei sonstiges wissenschaftliches und mechanisches Zubehör. In Absprache mit Kapitän Jacquinot arrangiert Dumont d'Urville außerdem, dass einmal pro Woche alle wartungs- und reparaturbedürftigen Gerätschaften von der *Zèlée* auf die *Astrolabe* gebracht werden, damit sie ebenfalls von der Fürsorge des Schweizer Uhrmachers profitieren können.

Verzweifelte Versuche

Aus dem Tagebuch des Schiffsarztes Èlie de Gouillou

Heute ist für die *Astrolabe* erneut ein unglücklicher Tag gewesen. Bei einem Segelmanöver ist der Matrose Dupin vom Mast abgestürzt, ins Meer gefallen und nicht wieder aufgetaucht. Alle Rettungsversuche blieben vergeblich. Dieses Unglück hätte wahrscheinlich vermieden werden können, wenn Dupin des Schwimmens kundig gewesen wäre. Es ist für mich schon unbegreiflich, wie sich ein Matrose überhaupt auf das Meer hinauswagen kann, ohne schwimmen zu können. Doch macht es mich auch ungemein betroffen, dass Dumont d'Urville nicht äußerst gewissenhaft überprüft hat, ob alle Besatzungsmitglieder über diese Fähigkeit verfügen. Denn bei einer so langen und beileibe nicht ungefährlichen Reise muss das ganz einfach eine grundlegende Voraussetzung sein, um sich für eine Teilnahme zu qualifizieren.

Leider passt es ins Bild, dass dem Kommandanten das Wohlergehen und die Sicherheit seiner Besatzung offensichtlich völlig gleichgültig sind. Sein brennender Ehrgeiz und sein unbezwingbarer Drang, Ruhm und Ansehen zu erlangen, hat uns in das Eis des Südpols geführt und um ein Haar den Verlust beider Schiffe zur Folge gehabt. Ebenfalls nur um Haaresbreite sind wir alle einem grausamen Tod durch den Skorbut entronnen; ganz abgesehen von denjenigen, die dieser Krankheit tatsächlich zum Opfer gefallen sind. Doch jeden Tag setzt das rücksichtslose Handeln dieses Offiziers, den eine üble Laune des Schicksals unsere Expedition anvertraut hat, das Leben jedes einzelnen Mannes an Bord der *Astrolabe* und der *Zelée* neuerlich aufs Spiel. Wie viele Menschenleben wird der Wahnsinn Dumont d'Urvilles noch fordern? Wenn es mir bloß gelingen würde, dieses unselige Unternehmen aufzuhalten oder die Kapitäne zum Abbruch desselben bewegen zu können!

Gerechte Vergeltung

Im Herbst 1838 hat die Expedition bei den Samoa-Inseln einen längeren Aufenthalt eingelegt und wendet sich nun westwärts, der Insel Vavao zu. Nach dem ersten Reiseplan sollte Vavao eigentlich einer der Hauptrastorte werden, doch infolge etlicher Kurs- und Planänderungen, die sich mittlerweile etwas gehäuft haben, ist der alte Plan obsolet geworden. Infolge dessen sind Rast und längerer Aufenthalt gestrichen. Ein kurzer Aufenthalt ist nur deshalb nicht zu vermeiden, weil Dumont d'Urville das Schicksal des französischen Deserteurs Simonet aufklären möchte. Dieser Matrose war zehn Jahre zuvor ein Besatzungsmitglied der *Astrolabe* gewesen und damals auf Vavao desertiert. Wie englische Missionare und Handelskapitäne in den letzten Wochen berichtet haben, lebt Simonet noch und hat angeblich für Unruhe im Verhältnis zwischen den Einheimischen und den Europäern gesorgt. Dumont d'Urville möchte feststellen, ob diese Gerüchte stimmen.

Beim Einlaufen in eine ziemlich rundliche Bai in der Nähe des Hauptortes der Insel nähern sich einige Kanus mit jeweils drei bis vier Eingeborenen, die Früchte und Wurzeln verkaufen möchten. Das ist an sich nichts ungewöhnliches, sondern fast überall in der Südsee ein gewohnter Anblick. Dann jedoch fragt ein junger, kräftig gebauter und gewandter Eingeborener, mit Weste und Hosen bekleidet, ob er an Bord kommen dürfe. Da er sehr höflich ist und sich mit auffällig großer Sicherheit bewegt, gibt ihm Lieutenant Roquemaurel die Erlaubnis dazu. Dort begibt sich der Mann sogleich zum Kommandanten und spricht diesen in leidlich verständlichem Französisch darauf an, er wolle sich gerne mit einschiffen und die Reise mit den großen Schiffen begleiten.

Dumont d'Urville ist von dem Auftritt des Mannes und seinem Ansinnen natürlich sehr überrascht und erklärt zunächst, dass er keinen Einwohner von Vavao ohne die Erlaubnis des Häuptlings einfach so mitnehmen könne. Daraufhin erklärt dieser in aller Ruhe, er sei keineswegs ein Einwohner von Vavao, sondern in Tonga-Tabu geboren und der Sohn eines der dortigen Häuptlinge. Im Übrigen hat er dort die *Astrolabe* während ihres Aufenthalts auf der letzten Expedition kennengelernt, als er ein Knabe von zwölf Jahren gewesen war. Dumont d'Urville kann es kaum glauben, doch erinnert Masi – so heißt der Eingeborene – an einige damalige Begebenheiten, welche er bewusst miterlebt hat. Danach steht fest, dass Masi unzweifelhaft die Wahrheit sagt. Da er außerdem hinzufügt, er sei lieber ein Matrose auf dem französischen Schiff als ein Sklave der englischen Missionare, die den Eingeborenen ziemliche Lasten auferlegen würden, kann ihm der Kommandant die Bitte nicht mehr abschlagen und verspricht, ihn bei Abreise aus Vavao mit an Bord zu nehmen. Nicht zuletzt verspricht sich Dumont d'Urville damit auch eine Erleichterung der Verständigung mit den Eingeborenen dieser Region, da Masi mit seiner Kenntnis der lokalen Sprachen äußerst hilfreich sein kann.

Diese Entscheidung macht sich schon am nächsten Tag bezahlt. Von einem einheimischen Lotsen erhält die *Astrolabe* die erste Bestätigung, dass sich der gesuchte Simonet in der Tat noch auf der Insel aufhalte. Mithilfe des neuen Dolmetschers erfährt man jetzt von einem Bootspatron zudem, dass dieser Simonet gesehen habe, der sich bei der Nachricht über das Eintreffen der französischen Schiffe zuerst besorgt gezeigt hat, nun aber sogar fragen lasse, ob er die Schiffe besuchen dürfe. Nach kurzer Überlegung wird dem Patron aufgetragen, Simonet eine ablehnende Antwort zu überbringen. Da sich die Informationen der Engländer, der ehemalige Deserteur würde hier Unruhe stiften, nach allem, was die Eingeborenen zu berichten haben, nicht bestätigen lassen, besteht zwar kein Anlass, aktiv eine Verhaftung in die Wege zu leiten. Wenn er aber an Bord käme, wäre der Kommandant geradezu gezwungen, ihn festzunehmen und zwecks Prozess und Aburteilung nach Frankreich zu überführen. Dieses Schicksal wolle sich Simonet sicherlich ersparen.

Wer nun damit rechnet, dass die Angelegenheit Simonet damit ihren Abschluss gefunden hat, irrt bedeutend. Wiederum am Folgetag unternehmen Dumont d'Urville, einige der Offiziere und die Wissenschaftler einen ausgiebigen Landgang, wobei sie vor allem das Hauptdorf mit seinen Wohngebäuden ausgiebig erkunden. Während man ein besonders großes und schön geschmücktes Haus betrachtet, tritt aus selbigem ein junger Bursche, welcher mit einer einladenden Geste zum Betreten des Anwesens auffordert. Neugierig treten die Besucher ein treffen auf einen älteren, würdig aussehenden Mann, der auf den Kommandanten zutritt und ihm mit der Miene eines Bekannten die Hand reicht. Auf den zweiten Blick erkennt Dumont d'Urville in ihm den Häuptling Vougui, welchen er 1827 im benachbarten Archipel Viti angetroffen hatte. Beide sind außerordentlich erfreut über das Wiedersehen. Die Franzosen genießen die Gastfreundschaft des Häuptlings, und selbstverständlich tauschen beide Seiten alle nur denkbaren Nachrichten aus.

Nach dem wohl zweistündigen Aufenthalt beim Häuptling streifen die Offiziere weiter durch das Dorf und ersteigen einen kleinen Hügel in Dorfnähe. Von dort genießen sie die Aussicht auf die Bai und auf die unzähligen Inselchen in der Bucht und bewundern die zahlreichen bunten Vögel, welche das Dickicht auf dem Hügel bevölkern. Als sich die Landgänger gerade auf dem Rückweg durch das Dorf befinden, um wieder zu den Booten zu gelangen, erreicht sie auf einmal die Nachricht, dass auf Befehl des Häuptlings soeben der Deserteur Simonet verhaftet worden sei und bald zu den Schiffen gebracht werden solle. Das gibt ein Raunen und Staunen unter den Matrosen und sorgt selbst unter den Offizieren für lebhafteste Diskussionen. Wirklich bringen am frühen

Nachmittag vier kräftige Männer den gefesselten und geknebelten Simonet an Bord. Nachdem er vom Knebel befreit ist, versucht sich Simonet sogleich mit allerlei Geschichten über sein damaliges Verhalten zu rechtfertigen und behauptet, er sei von den Eingeborenen schon damals gefangen genommen worden. Das aber ist, wie Dumont d'Urville sehr wohl weiß, gänzlich erfunden. Niemand traut dem Deserteur, und daher wird dieser bis auf weiteres unter Arrest gestellt. Damit hat dieses Kapitel einen unerwartet schnellen, aber letztlich doch konsequenten Abschluss gefunden.

Von den englischen Missionaren auf der Insel hat die Expedition inzwischen allerlei weitere Informationen erhalten, die sich um ein ganz anderes Drama drehen und welche jetzt dazu führen, dass sich Dumont d'Urville zum Eingreifen im Interesse der französischen Sache veranlasst sieht.

Zwei Jahre zuvor nämlich war ein französisches Schiff, die Brigg *Aimable-Josephine* unter dem Kommando des Kapitäns Bureau, das Opfer eines heimtückischen Überfalls von Eingeborenen geworden. Während die Brigg vor dem Ort Piva auf der Ostseite der Insel Viti vor Anker lag, veranlasste der dortige Häuptling Nakalasse seine Leute, die sich zwecks Handels und Tauschgeschäften an Bord aufhielten, den Kapitän, seinen Stellvertreter und einen weiteren Matrosen zu erschlagen, um sich des Schiffs und seiner Vorräte zu bemächtigen. Der Schiffskoch und ein junger Matrose wurden gefangen genommen und erst viele Monate später freigelassen. Von diesen Ereignissen hatte Dumont d'Urville vor wenigen Wochen, während des Aufenthalts auf Tahiti, zum ersten Mal gehört. Monsieur du Petit-Thouars, der Kapitän der französischen Fregatte *Venus*, die dort vor Anker lag, berichtete seinen Kapitänskollegen auf der *Astrolabe* und der *Zelée* von den tragischen Ereignissen, die in der Südsee mittlerweile weithin bekannt geworden waren. Dumont d'Urville versprach Petit-Thouars, Viti anzulaufen und die Geschehnisse aufzuklären.

Das Bemühen, Licht in die damaligen Ereignisse zu bringen, ist also insoweit erfolgreich verlaufen, weil es nun schon auf Vavao und nicht erst in Viti selbst gelungen ist, viele weitere Einzelheiten zu erfahren. Sowohl die Engländer als auch die Eingeborenen, wie der Häuptling und auch Masi, haben den Ablauf des Geschehens prinzipiell bestätigt sowie zahlreiche weitere Details beigetragen. Dazu gehört auch, dass der unglückliche Kapitän Bureau anscheinend selbst nicht ganz unschuldig daran gewesen war, das Verhältnis zu und unter den Eingeborenen zu verschlechtern. Durch den Reiz des schnellen Gewinns verführt, hat er die Pflichten der Humanität offensichtlich vergessen und sich in innere Streitigkeiten der einheimischen Völker eingemischt und war so weit gegangen, mit Waffen und seinem Schiff mal die eine, mal die andere Seite zu unterstützen.

Dennoch ist nach all diesem allen klar genug geworden, dass die Expedition nicht umhin kommt, jetzt und hier aktiv einzugreifen. Mitverantwortung hin oder her, Mord und Plünderung sind nun einmal Taten, die eine strafende Gerechtigkeit verlangen. Es widerstrebt Dumont d'Urville zwar, seine wissenschaftliche Weltumsegelung mit Polizeiaufgaben zu belasten. Aber diese Aufgabe fällt ihm nun einmal zu. Es ist eine Expedition des Königs, und trotz all der geografischen, nautischen, ethnologischen und sonstigen wissenschaftlichen Hauptaufträge dient sie auch dazu, die französischen Farben auf den Weltmeeren, in Übersee, im Kontakt mit anderen Nationen und auch den eingeborenen Völkern hochzuhalten und dabei die Ehre, Rechte und Interessen Frankreichs zu vertreten – nötigenfalls auch mit allen verfügbaren Mitteln wiederherzustellen. Daher lässt er nun, mit Masi an Bord, zügig Kurs auf Viti nehmen.

Am 16. Oktober erreichen die beiden Korvetten die Insel Viti. Mit gebotener Vorsicht werden Boote ausgesetzt, die bewaffnete Erkundungstrupps auf der Insel absetzen. Sie sollen feststellen, wie die dortigen Häuptlinge zu dem zu strafenden Häuptling Nakalasse stehen. Mit einigem Glück trifft der Trupp von Monsieur Gourdin gleich im ersten Dorf namens Pao den dort residierenden Häuptling Tanao an, der sich als ein Feind Nakalasses entpuppt. Von Tanao erfährt man, dass sich Nakalasse eine ganze Reihe von Häuptlingen und Stämmen zum Feind gemacht habe und viele daher das Eingreifen der Franzosen durchaus begrüßen. Daher wird mit Tanao vereinbart, dass am folgenden Tag die Strafexpedition gegen das Dorf des Häuptlings Nakalasse erfolgen solle. Im Gegensatz zu den Vitianern, die sich wünschen, dass der hinterlistige Häuptling nicht nur bezwungen, sondern unbedingt getötet werden sollte, beabsichtigt Dumont d'Urville nicht in erster Linie, die Schuldigen hinzurichten, sondern vielmehr dem Häuptling und dessen Unterstützern eine ernsthafte Lektion zu erteilen. Als solche soll das Dorf Piva, der Hauptstützpunkt Nakalasses, zerstört und so der Feind seiner Ressourcen beraubt werden.

Im Morgengrauen des nächsten Tages werden die beiden Landungskompanien der *Astrolabe* und der *Zelée* mit insgesamt achtzig Mann in allen verfügbaren Booten auf die Insel gebracht. Die beiden Kompanien werden von den beiden Ersten Offizieren, Lieutenant Dubouzet von der *Zelée* und Lieutenant Roquemaurel von der *Astrolabe*, befehligt, wobei ersterer das Hauptkommando erhält. Binnen zwei Stunden haben die Männer das Dorf erreicht. Wie von Dumont d'Urville erhofft, hat die Kunde von der französischen Strafexpedition lange zuvor den Ort erreicht, so dass alle Einwohner rechtzeitig geflohen sind. Sämtliche Hütten, Ställe, Palisaden und Boote des leeren Dorfes werden niedergebrannt. Insgesamt zählt Dubouzet an die sechzig Häuser, darunter das Häuptlingshaus und etliche sehr große Gebäude, welche zerstört worden sind. Einige wenige eiserne Gegenstände, die augenscheinlich zu der geplünderten Brigg gehört haben mögen, werden mitgenommen. Erst, als sich die Mannschaften wieder in die Boote einschiffen, wagen sich erste Eingeborene wieder aus dem Dickicht. Niemand, weder ein Besatzungsmitglied noch ein Eingeborener, ist bei der Aktion verletzt worden. Daher sieht sich Dumont d'Urville in seinem Plan bestätigt und insofern beruhigt, dass man den Einheimischen eine starke Lehre hat erteilen können, ohne sich den Tod eines einzigen Unschuldigen unter einigen Schuldigen vorwerfen zu müssen. Zudem hat er die Hoffnung, dass damit die Macht Nakalasses auf der Insel gebrochen ist und derselbe nie mehr in eine Position gelangen wird, die es ihm ermöglicht, anderen Völkern − Vitianern wie Europäern − Schaden zuzufügen. Häuptling Tanoa, Masi und andere bestätigen diese Annahme in den nächsten Tagen, da die Einwohner berichten, dass sich die Anhänger Nakalasses nach dem Verlust ihrer Siedlung in alle Winde zerstreut hätten und überdies nahezu alle Häuptlinge der Küstenregion eine allgemeine Jagd auf den Renegaten befohlen hätten.

Die folgenden drei Tage sind einerseits von Erkundungen der Insel und einheimischen Ansiedlungen, Gebräuche und Kultur geprägt, denen sich die Wissenschaftler der beiden Schiffe mit hohem Eifer widmen; der Aufenthalt darf infolge des engen Zeitplans ja nicht mehr allzu lange dauern. Andererseits nutzen nun auch die Eingeborenen das nunmehr noch bessere Verhältnis des Häuptlings Tanoa und der benachbarten Stämme zu den

Franzosen für die Gelegenheit, einen umso emsigeren Tauschhandel mit den Schiffen aufzunehmen. Die Kanus und Pirogen paddeln in großer Zahl um die Korvetten herum und bieten eine Fülle von Waren feil: Stoffe, irdene Geschirre, Gürtel, Lanzen, Streitkeulen, Kava-Teller in allen Größen (darunter solche mit über einem Meter Durchmesser) und vieles mehr. Insbesondere die schönen, reich verzierten Kultgegenstände haben es den Offizieren und Anthropologen angetan und finden gegen Messer, Nägel und Hemden reichliche Abnahme.

Am Nachmittag des letzten Tages schiffen sich sämtliche Offiziere beider Schiffe und die Kompanien des Landungskorps erneut in die Boote ein und begeben sich an Land. Die Häuptlinge der Insel haben eine große Versammlung zur Bekräftigung und Ehrung der Beziehungen zwischen den Inselvölkern und den Vertretern der französischen Nation anberaumt. Vorsichtshalber hat Dumont d'Urville angeordnet, dass die Landungsmannschaften bewaffnet anlanden sollen, doch diese Vorsicht erweist sich als unbegründet. Die ganze Bevölkerung der Inselregion, die ungefähr zweitausend Personen jeden Alters und Geschlechts umfassen mag, hat sich am Strand versammelt. Ohne Waffen beobachten die Menschen in aller Stille den Einzug der Europäer, die von den aufgereihten Häuptlingen feierlich erwartet werden. Für die Offiziere und Häuptlinge sind um einen freien Platz herum sogar eine Art Stufenbänke aufgereiht, auf denen alle bequem Platz finden.

Die Begrüßung übernimmt der etwa siebzigjährige Tanao, danach spricht Dumont d'Urville. Er betont, dass die Expedition einzig und allein zum Zwecke der strafenden Gerechtigkeit die Insel angelaufen habe, dieser Gerechtigkeit aber mit der Bestrafung Nakalasses Genüge getan sei. Er drückt sein Vertrauen in ein gutes Verhältnis mit den gemäßigten Häuptlingen aus und betont wiederholt, wie außerordentlich es zu schätzen sei, dass sie Nakalasse nicht unterstützt hätten und ansonsten friedliche und freundliche Absichten und Taten nicht nur gegenüber der jetzigen Expedition, sondern bereits gegenüber europäischen Händlern und Missionaren jeder Art gezeigt hätten. Die Häuptlinge und anderen Honorationen nehmen die Ausführungen des Kommandanten, die wie zumeist von dem getreuen Masi übersetzt werden, sehr wohlwollend entgegen. Stellvertretend für die Inselbewohner tritt Häuptling Latschika vor, der in einer etwa halbstündigen Rede auf so ernsthafte und zugleich mitreißende Weise zu sprechen weiß, dass diese bei der Versammlung den höchsten Anklang findet. Sogar die Europäer können, noch bevor die Sätze übersetzt werden, viele Begriffe heraushören, die sich auf die beiden Schiffe beziehen, allen voran die Namen „Toufill" und „Yakinot", was sich unschwer als d'Urville und Jacquinot erkennen lässt. Anschließend beginnt eine große Kava-Zeremonie, bei welcher der traditionelle Kava-Trank – eine Mischung aus zerkauten Wurzeln und Wasser – herumgereicht wird. Nicht wenige Offiziere scheuen sich allerdings, dieses sehr gewöhnungsbedürftige Gebräu zu trinken und beginnen stattdessen, Becher mit Wein auszuteilen, den sie geistesgegenwärtig als „Kava der Franzosen" bezeichnen. Zusätzlich zum Kava gibt es große Mengen von Fisch, Taro, Bananen und gebratenes Schweinefleisch, welches unter allen Anwesenden ausgeteilt wird.

Diese große Versammlung beschließt auf erfreulich friedliche und angenehme Weise den Aufenthalt der Expedition auf Viti. Bis zum letzten Augenblick, während die *Astrolabe* und die *Zelée* bereits ihre Anker lichten, werden sie von den Kanus der Einheimischen umkreist und letzte Tauschgeschäfte abgewickelt. Schließlich sind die Segel gesetzt und die Korvetten befinden sich auf dem Weg zu den nächsten Zielen.

Vanikoro

Beschwerlich schlingern die beiden Korvetten auf dem erregten Meer. Noch hat der Regen nicht gänzlich aufgehört, sondern es nieselt recht beständig, sodass der Wind den an Deck stehenden Personen einen Schwall Sprühwasser nach dem anderen ins Gesicht weht. Mehrfach hat Lieutenant Roquemaurel den am Bug postierten Kommandanten bereits gebeten, doch lieber seine Kabine aufzusuchen, um dort etwas geschützter die Ankunft am Ziel abzuwarten. Doch Dumont d'Urville lehnt das gut gemeinte Ansinnen beständig ab. Zu sehr sind seine Gedanken, ja sein ganzes Bestreben auf den Höhepunkt dieser Reiseetappe gerichtet: Vanikoro! Und vor den Augen Dumont d'Urvilles erhebt sich das Bild einer denkwürdigen Szene ...

Man schrieb den 21. Januar 1793. König Ludwig XVI. war dazu bestimmt worden, an diesem Tage auf der Guillotine zu sterben. Als ihn die Soldaten zu seinem letzten Gang abholten, stellte Ludwig seinem Beichtvater Henry Essex Edgeworth, welcher ihn begleiten durfte, eine einzige Frage: „Hat man Nachrichten von La Pérouse?" Der Priester konnte nur mit dem Kopf schütteln. Nein, niemand hatte mehr etwas von Jean-François de La Pérouse gehört, dem großen französischen Entdeckungsreisenden, der irgendwann während des Jahres 1788 im Pazifik mit seinen beiden Schiffen Astrolabe und Boussole verschollen war. Eine vom König noch 1791 ausgesandte Suchexpedition unter d'Entrecasteaux und Huon

Kermadec hatte bisher kein Ergebnis geliefert. Der König sollte nicht mehr erfahren, dass die katastrophal verlaufende Unternehmung Mitte 1793 nach dem Tod der beiden Kapitäne abgebrochen werden musste, ohne dass eine Spur der Schiffe von La Pérouse gefunden werden konnte.

Beinahe unmerklich schüttelt Dumont d'Urville den Kopf. Er ist durchaus königstreu – immerhin hat er den beiden Königen Charles X. und Louis-Philippe die Chance zu verdanken, selbst ein großer Entdeckungsreisender zu werden –, doch dem hingerichteten Ludwig XVI. weint er eigentlich wenige Tränen nach. Bis auf die Tatsache, dass eben jener König die Expedition von La Pérouse ausgesandt und ein so bewegendes, persönliches Interesse an deren Schicksal genommen hat, buchstäblich bis zu seinem letzten Atemzug.

Immerhin hätte Ludwig XVI. wahrscheinlich kaum so lange gelebt, um das erste Licht im Dunkel der verschollenen Expedition noch zu erleben, überlegt Dumont d'Urville. Denn weitere 33 Jahre vergingen nach der Hinrichtung des Königs, ohne dass sich das Schicksal von La Pérouse aufgeklärt hätte. Im Mai 1826 stolperte der britische Handelsschiffskapitän Peter Dillon dann plötzlich über einige rätselhafte Artefakte, die ihm auf der Salomonen-Insel Tikopia zum Kauf angeboten wurden: die Parierstange eines Degens, mehrere Besteckteile aus Silber sowie eiserne Nägel, Äxte, Porzellantassen und

Glasflaschen. Auf die Frage nach deren Herkunft erfuhr Dillon, dass Eingeborene die Gegenstände von der Insel Vanikoro mitgebracht hatten, bei welcher vor vielen Jahren zwei große Schiffe gesunken seien. Bis vor wenigen Jahren hätten dort sogar noch zwei, drei Überlebende jenes Schiffbruchs gelebt. Dillon wurde hellhörig. Könnten das vielleicht Überbleibsel der französischen Expedition sein, deren rätselhaftes Schicksal seit Jahrzehnten Europa umtrieb? Dillon gelang es zwar aufgrund ungünstiger Wetterverhältnisse nicht, der Sache unmittelbar nachzugehen. Doch ein Jahr später kehrte Dillon zurück und konnte in den Gewässern von Vanikoro weitere Gegenstände aus dem Wasser bergen. Die Degenstange war inzwischen als Versailler Erzeugnis identifiziert und auf ein Alter von rund 40 Jahren geschätzt worden. Sehr schwach ließ sich die Initiale „P" entziffern – und damit war das Eigentum von La Pérouse zweifelsfrei identifiziert.

Nun ist es genau zehn Jahre her, dass sich Dumont d'Urville selbst auf dem Weg nach Vanikoro befunden hat. Die Entdeckung des Kapitäns Dillon hatte der bereits anberaumten Südseeexpedition den entscheidenden Hinweis gegeben, wohin der Kurs zu lenken sein würde. Im Februar 1828 erreichte die *Astrolabe* schließlich die von einem riesigen Atoll umgebene Insel. Tatsächlich fanden Dumont d'Urville und seine Forscher dort nicht nur weitere Artefakte, sondern es gelang ihnen, die Reste der beiden gesunkenen Fregatten im halbwegs flachen

Wasser und die wahrscheinliche Stelle des Schiffbruchs zu identifizieren. Hat man Nachrichten von La Pérouse? Ja, man hat. Sozusagen. Eine große, wenn auch traurige Stunde französischen Strebens und Entdeckergeistes. Der Regen hat mittlerweile gänzlich aufgehört, das Meer sich völlig beruhigt. Sanft gleiten die Korvetten dahin, die Wolkendecke bricht auf und dann kommt Vanikoro in Sicht. Zwölf Meilen sind die Schiffe da noch von der Insel entfernt. Eine sanfte Brise aus östlicher Richtung lässt die Entfernung rasch schrumpfen. Danach segeln die *Astrolabe* und die *Zelée* in rund einer Meile Abstand vom äußeren Riff an der Insel entlang, bis die Durchfahrt von Paiu erreicht ist. Hier werfen die Korvetten Anker, denn die Passage durch das Riff ist zwar ziemlich breit, aber extrem flach. Die Schiffe würden hier unweigerlich scheitern – genauso, wie es La Pérouse ergangen ist. Denn exakt hier waren einst dessen *Astrolabe* und die *Boussole* auf Grund gegangen, von den scharfen Riffen aufgerissen worden und dabei zerborsten. Warum jenes so geschehen ist, ob schlechtes Wetter oder andere Umstände die tückische Beschaffenheit der Passage verborgen hatten, wird sich nie mehr feststellen lassen.

Dumont d'Urville befiehlt, die Boote zu Wasser zu lassen, jeweils eines von beiden Schiffen. Während die beiden Schaluppen durch die Passage rudern, versuchen der Kommandant und die Offiziere, den Meeresboden auf die verbliebenen Spuren der Katastrophe hin zu inspizieren, die man beim letzten Mal so zahlreich vorgefunden hatte. In zwölf bis fünfzehn Fuß Tiefe konnte man damals Kanonen und Kanonenkugeln, Bleiplatten, Anker, Ketten und weitere Objekte zwischen den Spalten der Riffe ausmachen. Doch der infolge des gestrigen Sturms noch recht aufgewühlte Grund lässt sie nichts erkennen.

Also rudert man weiter, bis die Boote am Ufer der eigentlichen Insel einen kleinen, hübschen Sandstrand erreicht haben. Dumont d'Urville zeigt seinen Offizieren – die bis auf Fregattenkapitän Jacquinot allesamt zum ersten Male diesen Ort betreten – eine von Bäumen freie Lichtung, die offensichtlich den Platz markiert, wo vor vier Jahrzehnten die wenigen Überlebenden des Schiffbruchs Zuflucht gefunden hatten. Eigentlich hat sich Dumont d'Urville vorgenommen, dort eine Nachgrabung durchzuführen in der Hoffnung, die Gräber derjenigen zu finden, die von den Überlebenden zur Ruhe gebettet worden waren, und diese Gebeine dann nach Frankreich zu überführen. Unglücklicherweise ist in den letzten Jahren die Vegetation derart in die Höhe geschossen und so stark verdichtet, dass sich das Vorhaben als undurchführbar erweist.

Immerhin findet man am Rande des Wassers eine sehr große Kokospalme, deren Stammumfang außergewöhnlich mächtig ist. Rings um den Stamm ziehen sich in etwa zwei Meter Höhe tiefe Einschnitte, ebenso weist der Baum an anderen Stellen Spuren zahlreicher, sehr alter Axthiebe auf. Dies sind untrügliche Zeichen dafür, dass hier einst Europäer gelebt haben und niemand hegt irgendeinen Zweifel, dass sich hier eine Zeitlang einige Seeleute der verunglückten La-Pérouse-Expedition aufgehalten haben. In einer lange verlassenen, sehr elenden Eingeborenen-Hütte stöbert Fähnrich Marescot überdies neben einigen unauffälligen Alltagsgegenständen eine kleine, vollkommen polierte Holzplatte auf, welche ganz bestimmt einst zu der Einrichtung eines Schiffes gehört hat. Es verwundert manche etwas, dass sich keinerlei Objekte aus Eisen finden lassen, aber es ist sehr wahrscheinlich, dass sämtliche Eisengeräte von Eingeborenen aufgesammelt wurden, da solcherlei Dinge in der Südsee von großem Wert sind.

Dumont d'Urville teilt die Landetruppe in verschiedene kleine Grüppchen, jeweils unter Führung eines der Offiziere auf. Sie sollen die Insel systematisch durchkämmen, um nach Möglichkeit ein paar Einheimische aufzutreiben. Von ihnen erhofft sich der Kommandant weitere Informationen über das Schicksal überlebender Seeleute von La Pérouse. Denn die Eingeborenen, die von Vanikoro gekommen und mit Kapitän Dillon gesprochen hatten, berichteten ja von solchen Überlebenden; diese mussten also unbedingt mit den Inselbewohnern in Kontakt gekommen sein. Es sollten sich deshalb zumindest einige finden, die wenigstens den einen oder anderen Lichtstrahl auf die Geheimnisse von Vanikoro werfen können.

Das Ergebnis der Suchaktion ist allerdings ernüchternd. Alle Suchtrupps zusammengenommen können nur zwei Einwohner aufstöbern, ansonsten scheint die Insel geradezu menschenleer zu sein. Diese zwei Individuen können (oder wollen) die Frage nach Europäern, die sich auf Vanikoro aufgehalten haben, nicht beantworten. An der Verständigung kann es nicht liegen, denn der aus Vavao mitgereiste Melanesier Masi ist selbstverständlich mit an Land gekommen, um die ansonsten recht wahrscheinlichen Sprach- und Verständigungsklippen zu überwinden. Doch selbst seine unermüdlichen Versuche, den zwei Männern die Wünsche der Forscher begreiflich zu machen, haben keinen sichtbaren Erfolg. Man erfährt etwas über Kokosnüsse, mancherlei andere Lebensmittel – welche die Eingeborenen offenbar gegen nützliche Gegenstände eintauschen möchten –, aber die gewünschten Auskünfte liefern sie nicht. Letztlich bleibt nichts übrig, als die beiden wieder ziehen zu lassen. Schnell sind sie im Urwald verschwunden, und bald deutet nichts mehr darauf hin, dass es sie je gegeben hat.

Da der Regen allmählich wieder einsetzt und große, schwarze Wolken drohend heranziehen, welche weitere unfreundliche Ergüsse ankündigen, wird es schon wieder Zeit für die Abreise. Eine wichtige Mission aber muss zuvor unbedingt noch ausgeführt werden. Für Dumont d'Urville ist es beinahe eine heilige Mission, ja geradezu eine Art Wallfahrt, die es auszuführen gilt. Sie führt auf den vorgelagerten Riffgürtel, unmittelbar neben die

Durchfahrt, die den Schiffen des La Pérouse einst zum Verhängnis geworden ist. Dort erhebt sich, an drei Seiten vom Wasser umgeben, ein kleiner, quadratischer Steinbau, der von einer Spitzkuppel gekrönt wird: Das *Mémorial de La Pérouse*. Dieses Denkmal hat Dumont d'Urville zehn Jahre zuvor erbauen lassen. In Anwesenheit der angetretenen Mannschaft der *Astrolabe* und einiger staunender Eingeborener war es eingeweiht worden, um das große Vorbild der französischen Entdecker zu ehren.

Mit einiger Mühe machen die beiden Boote an der schmalen Landspitze fest. Im Beisein einiger Offiziere untersucht der Kommandant persönlich den Zustand des Gemäuers. Erfreut stellt er fest, dass alles noch recht gut beschaffen ist, nur die hölzerne Kuppel hat durch die Witterungsunbilden ein wenig gelitten. Es hat sich anscheinend als sehr vorausschauend erwiesen, das Denkmal ohne jedes metallene Baumaterial zu errichten, wie etwa eiserne Nägel. So sahen die Eingeborenen offensichtlich keinen Anlass, das Bauwerk anzutasten. Jacquinot lässt jetzt ein paar Matrosen zur *Zelée* rudern und rasch Werkzeug und Bretter herbeischaffen. Innerhalb kürzester Zeit sind die kleinen Schäden beseitigt. Dumont streicht sanft über die Holztafel mit der schlichten Aufschrift, dann tritt er einen Schritt zurück. Offiziere und Matrosen tun es ihm gleich und gedenken in Stille den Menschen, die gestorben sind, ehe noch die meisten der hier Versammelten geboren wurden.

Nach diesem Moment des Gedenkens ist die Mission erfüllt. Die Besatzung besteigt die Boote und kurz darauf sind die *Astrolabe* und die *Zelée* erreicht. Jedes Schiff feuert einen einzelnen Salutschuss zum letzten Gruß und als Zeichen des Aufbruchs, dann werden die Segel gesetzt. Der den Regen begleitende, kräftige Wind treibt die Schiffe schwungvoll an, so dass Vanikoro schnell zurückbleibt. Bald sind hinter den Regenwolken nur noch vage die Umrisse der Insel zu erahnen. Dumont d'Urville weicht dennoch nicht vom Heck der Astrolabe, auch als Vanikoro längst völlig außer Sicht gekommen ist. Zugegeben, die Tagesetappe ist aus wissenschaftlicher Sicht nicht gerade ein Erfolg gewesen. Bis auf ein paar Kleinigkeiten konnten keine neuen Erkenntnisse über das Schicksal der La-Pérouse-Expedition gewonnen werden, die Forscher haben auch sonst keine botanischen oder zoologischen Schätze gesammelt und der Kontakt mit den Eingeborenen ist sehr minimal ausgefallen. Dennoch ist Dumont d'Urville zufrieden. Seinen Herzenswunsch, die Unglücksstätte noch einmal zu besuchen, hat er erfüllen können, alles andere ist zweitrangig. Die letzten Gedanken an diesem Abend kreisen um die Frage, welcher Ort und welches Bauwerk wohl einst das Gedenken an Jules Sébastien César Dumont d'Urville wachhalten werden.

Ornithoptera Urvilleana

Dysenteria

Dumont d'Urville drängt die Offiziere zum Aufbruch. Die vollständige Ergänzung der Vorräte ist zwar unerlässlich, allerdings wächst mit jeder Stunde, welche bei diesen Arbeiten verstreicht, seine Ungeduld. Das ist nicht unbedingt die „Schuld" des Kommandanten selbst, sondern liegt eher an dem geradezu vernichtenden Ruf, den die Nordküste Javas seit jeher bei beinahe allen europäischen Seefahrern gehabt hat. Portugiesische, holländische, englische und französische Seeleute beklagten schon immer die ungesunde Luft, die man daselbst einatmen würde, das Fieber und die Ruhr, die dort grassierten und alljährlich zahlreiche Menschenleben fordern würden, unter den Einheimischen genauso wie unter den Besatzungen der Handelsschiffe.

Warum das so ist, vermag sich Dumont d'Urville nur unzureichend zu erklären. Liegt es vielleicht an der Natur der Küste selbst, etwa dem vielen sumpfigen Boden, der einen so unheilvollen Einfluss auf die Gesundheit ausübt? Oder an den zahlreichen Mangrovenwäldern in Küstennähe, wo das Wasser immer wieder die vermodernden Pflanzenreste aufspült, welche dann bei zumeist über dreißig Grad nachteilige Ausdünstungen an die Lebewesen abgeben? Alle Anzeichen lassen jedenfalls eine beträchtliche Summe von Widerwärtigkeiten erkennen, und die Wissenschaftler haben in den letzten Wochen die mit Schlamm und in Fäulnis übergegangenen Bäumen gesäumten Küsten, die außerordentliche Hitze und die ausgiebigen Regengüsse, die stets eine abträgliche Feuchtigkeit unterhalten, mehr als umfassend studieren können.

Aus all diesen Gründen hat Dumont d'Urville einen Aufenthalt in Borneo oder Java eigentlich ganz vermeiden und den javanischen Archipel mit Kurs Australien möglichst schnell durchqueren wollen. Doch die Erneuerung der Wasser- und Lebensmittelvorräte sowie die allernötigsten Ausbesserungsarbeiten an den Schiffen waren schlichtweg nicht zu vermeiden gewesen. Daher musste der Kommandant dem mehrtägigen Aufenthalt in der Hafenstadt Samarang, etwa in der Mitte der Nordküste Javas gelegen, notgedrungen zustimmen. Aber genau deswegen ist der Kommandant so sehr darauf erpicht, die Arbeiten möglichst rasch abzuschließen und alsbald wieder die Segel setzen zu können.

Endlich ist es geschafft. Die beiden Korvetten können die Anker lichten und Samarang verlassen. Nunmehriges Ziel ist die Sundastraße, die Meerenge zwischen Java und Sumatra. Diese müssen die Schiffe passieren, danach können sie nach Süden abdrehen. Auf der *Astrolabe* wie auf der *Zelée* zählt man nur einige wenige Leute, die im Krankenstand stehen; von denen sind zwei mit Fieber und drei mit der Ruhr befallen. Keiner derselben weist aber ernstliche Symptome auf, weshalb selbst die Ärzte davon überzeugt sind, dass diese Krankheiten schnell verschwinden werden, sobald die Schiffe wieder ein günstigeres Klima erreicht haben. Dumont d'Urville ist erleichtert.

Zu früh.

Am 13. Oktober 1838 haben die Korvetten die Sundastraße hinter sich gelassen. Es herrscht ziemlicher Nebel, als die Besatzung den schönen holländischen Kolonien Lebewohl sagt. In etwa zwei Monaten will man Hobart-Town auf Tasmanien, die nächste planmäßige Station, erreicht haben. Die günstigen Passatwinde und die tatsächlich jeden Tag weniger heißen Temperaturen lassen weiterhin auf schnelle und sichere Heilung der Erkrankten hoffen. Auch, wenn die Zahl der Betroffenen nun doch gestiegen ist; zwölf auf der *Zelée* und acht auf der *Astrolabe*, so die Meldung der Schiffsärzte.

Zehn Tage später setzt Doktor Le Gouillou von der *Zelée* auf die *Astrolabe* über und berichtet, dass es den dortigen Kranken zwar offensichtlich besser gehe. Dennoch sei deren Zahl weiter gestiegen, nämlich auf vierzehn; darunter erstmals einer der Offiziere, Fähnrich Pavin de la Farge, welcher von heftigen Koliken geplagt sei. Das Ansteigen des Krankenstandes ist für die Ärzte wie für die Kapitäne nicht ganz erklärlich. Immerhin scheint die Besatzung trotz der erheblichen Zahl von Betroffenen noch keine Entmutigung zu zeigen. Die Matrosen halten sich reichlich beschäftigt: Einige Leute klettern in die Masten, um dort sitzende Seevögel zu jagen; andere angeln mit großen Ködern nach Haien, von denen fast täglich einer an Bord gezogen wird; wieder andere fangen fliegende Fische, welche in ihrem raschen Fluge von den Spitzen der Wellen aus das Deck überspringen.

Dennoch verwandelt sich Dumont d'Urvilles Zuversicht immer schneller in Besorgnis. Am 29. Oktober sind auch auf der Astrolabe mittlerweile sechzehn Personen an der Ruhr erkrankt, unter ihnen Fähnrich Marescot. Einen Tag später trifft es auch den Chronisten Gourdin, auf der *Zelée* den Zeichner Goupil. Am selben Tag hört die bisher so beständig wehende Brise auf, und von nun an schweben die beiden Schiffe zwischen fast völliger Windstille und aus der falschen Richtung wehenden Winden; jene kommen aus Südsüdost, während man unbedingt West- oder Nordwestwinde benötigen würde, um einigermaßen voranzukommen.

Am folgenden Tag erliegt das erste Besatzungsmitglied, der Matrose Le Blanc, der elenden Krankheit.

Dumont d'Urville ist am Boden zerstört. Das kann unmöglich wahr sein, sagt er sich ständig – und doch ist es so. Vor seinem Auge stehen unwillkürlich Bilder wieder auf, die ein halbes Jahr zurückliegen: Doktor Hombron, der ihm die Hiobsbotschaft vom Ausbruch des Skorbuts überbringt; die qualvolle Überfahrt nach Chile; mehr als die halbe Besatzung liegt darnieder; am Ende sind zwei Menschen gestorben und viele Leute über Monate von den Folgen der Krankheit gezeichnet. Mit knapper Not hat die Expedition die damalige Krise überstanden.

Und nun? Wiederholt sich jetzt dasselbe, nur mit einer anderen Krankheit? Alles deutet darauf hin. Vom vierten bis zum sechsten November gibt es täglich einen weiteren Todesfall. Zuerst der Elsässer Ludwig Pflaum, Vollmatrose; danach der Kanonen-Quartiermeister Roux; dann der Koch Massé. Gerade der Tod Roux' erschüttert die Besatzung, handelt es sich bei ihm doch um eines der ältesten und erfahrensten Besatzungsmitglieder. Immer wieder hat Roux voller Enthusiasmus darüber geredet, welche Vergünstigungen des baldigen Ruhestandes er genießen könne, sobald die *Astrolabe* wieder in ihren Heimathafen eingelaufen sei. Jetzt aber muss er dem Meere zur Bestattung übergeben werden.

Zu allem Überfluss fällt nun auch noch Doktor Hombron, der sich bis dahin so aufopferungsvoll um die Kranken auf der *Astrolabe* gekümmert hat, krankheitshalber aus. Zwar scheint es sich um keine schlimme Form der Ruhr zu handeln, er ist jedoch gezwungen, selbst das Bett zu hüten. Dumont d'Urville beauftragt daher den Anatom und Hilfschirurgen Pierre Dumoutier, die Krankenbetreuung zu beaufsichtigen. Dies erweist sich als ausgesprochen gute Entscheidung. Mit seinem Eifer, seiner Aufopferung und seinem schnell begreifenden Sachverstand ist er der Aufgabe gewachsen und erwirbt sich schnell das Vertrauen der Kranken.

Doktor Le Gouillou setzt am folgenden Tag erneut zur *Astrolabe* über, um Bericht von der *Zelée* zu erstatten. Da jeder Mann, jeder Offizier zahlreiche Freunde auf dem jeweils anderen Schiff hat, ist die Besatzung natürlich erpicht darauf, die Nachrichten von drüben zu erfahren. Aber Le Gouillou weigert sich zu reden; er möchte den Kommandanten allein sprechen. Dumont d'Urville ist irritiert und besteht darauf, dass Le Gouillou das, was er zu sagen habe, an Deck und im Beisein aller mitteilen solle. Der Doktor bleibt jedoch bei seinem Ansinnen und lässt auch das zunehmende Stirnrunzeln Dumont d'Urvilles über sich ergehen. Schließlich gibt der Kommandant nach und begibt sich mit dem Arzt in seine Kabine.

„Nun reden Sie schon", fordert Dumont d'Urville sehr ungehalten. „Was gibt es so geheimes am Krankenbericht, dass Sie es selbst im Beisein nur der Offiziere nicht sagen wollen?"

„Es ist nicht nur der Krankenbericht, Monsieur le Capitaine", entgegnet Le Gouillou. „Derselbe ist schlimm genug, kein Zweifel. Zwei Matrosen der *Zelée* sind bereits verstorben; wir haben derzeit vierzehn Bettlägerige, von denen wiederum zwei so schwer darnieder liegen, dass sie die nächsten Tage wohl schwerlich überstehen werden. Aber ..."

Le Gouillou zögert einen Moment, bevor er weiterspricht.

„... aber der eigentliche Grund, weswegen ich bei Ihnen vorspreche, ist der folgende: Ich bin von den Offizieren der *Zelée*, namentlich von Lieutenant du Bouzet und den

Fähnrichen Coupvent-Desbois und Montravel, beauftragt worden, Sie um eine Kursänderung zu ersuchen. Anstelle der unfruchtbaren Versuche, Australien zu erreichen, sollten wir unverzüglich die Insel Mauritius anlaufen, um dort die so dringend benötigte Rast und einen Genesungsaufenthalt einzulegen."

Dumont d'Urville kann nicht glauben, was er da hört. Die Offiziere, deren Namen Le Gouillou genannt hat, sind ausgerechnet diejenigen, zu denen er – neben Kapitän Jacquinot – das größte Vertrauen besitzt. Bisher haben die Offiziere außerdem mit bemerkenswertem Mut die Herausforderungen der Expedition geschultert. Kann das, was der ihm nicht sonderlich sympathische Schiffsarzt der *Zelée* unterbreitet, wirklich wahr sein? Andererseits versichert ihm Le Gouillou mehrmals die Richtigkeit seines Ansinnens und insistiert so sehr auf der Notwendigkeit einer derartigen Entscheidung, dass Dumont d'Urville unsicher wird.

„Nun gut", erklärt Dumont d'Urville schließlich zögerlich, „ich werde mir dies überlegen. Sie sollten allerdings sämtliche Herren Offiziere der *Zelée* nochmals zu Rate ziehen, denn es müsste schon ein schriftliches und von ihnen allen unterzeichnetes Gesuch vorliegen, damit wir den wohlüberlegten Entschluss, die Korvetten nach Hobart-Town zu führen, abbrechen können. Kehren Sie also unverzüglich zur *Zelée* zurück und bringen Sie mir sobald als möglich die Antwort."

Le Gouillou verspricht, selbiges zu tun, verabschiedet sich und begibt sich zu dem wartenden Beiboot. Dumont d'Urville begleitet ihn nicht, sondern setzt sich auf seinen Stuhl und stützt den Kopf mit den Händen ab. Was soll er jetzt tun? Hat das Unheil, die grassierende Krankheit, die Mannschaft und die Offiziere der *Zelée* doch so sehr getroffen, dass sie vollends entmutigt worden sind? Wenn dem so wäre, dann dürfte er nicht zögern, die Expedition abzubrechen und über die nächst erreichbaren Häfen gemäßigten Klimas die Rückkehr nach Frankreich anzutreten. Verwunderlich nur, dass ihm auf der Astrolabe keinerlei Anzeichen einer solchen Mutlosigkeit oder gar des Ersuchens nach Umkehr aufgefallen oder zugetragen worden sind. Wenn es überhaupt möglich wäre, Mauritius früher zu erreichen als die australischen Gewässer, so bliebe es außerdem ungewiss, ob man dort die nötigen Hilfsquellen für einer Heilung und Genesung aller Kranken vorfinden würde. Hat Le Gouillou also wirklich das ehrliche Interesse, nur den Kranken zu helfen und deshalb schleunigst in Richtung Mauritius zu segeln? Oder stecken viel weniger selbstlose Motive dahinter?

Immerhin, so erinnert sich Dumont d'Urville, ist neulich erst durch die Aussage eines Matrosen die Bitte einiger seiner Kameraden von der *Zelée* eingegangen, man möge Monsieur Dumoutier als Arzt anstelle von Le Gouillou herüber schicken, da die Betreffenden sich von letzterem wenig gepflegt und wenig menschlich behandelt fühlten.

Zwar kommt es nicht infrage, der Bitte nachzukommen, da Dumoutier wegen der Erkrankung Doktor Hombrons auf der *Astrolabe* bis auf weiteres unabkömmlich ist. Aber es spricht schon etwas gegen die Person des Doktors und steht im ganzen Gegensatz zu dem Ansehen und der Beliebtheit, welche die Schiffsärzte der *Astrolabe* bei der eigenen Besatzung haben.

Dumont d'Urville beschließt, selbst auf die *Zelée* überzusetzen und mit Jacquinot und den dortigen Offizieren zu sprechen. Es ist Windstille. Das macht die Kommunikation von Schiff zu Schiff einfach, und das Beiboot ist schnell hinüber gerudert. Der Kommandant bittet seinen Stellvertreter zunächst um ein Vier-Augen-Gespräch in dessen Kabine. Dort eröffnet er ihm, was er von dem seitens Le Gouillou berichteten Ansinnen der Offiziere auf der *Zelée* erfahren hat. Jacquinot ist verblüfft. Von einem derartigen Schritt habe er nicht die geringste Kenntnis, erklärt er. Im Gegenteil, er versichert nachdrücklich, dass die Moral der Offiziere wie der Mannschaft trotz der zweifellos bedrückenden Lage erfreulich stabil sei. Dumont d'Urville verspürt eine erste Beruhigung. Diese verstärkt sich, als er anschließend eine Inspektion der gesamten Besatzung vornimmt. Auf der *Zelée* sind etwa gleich viele gesunde und dienstfähige Männer wie auf der Astrolabe vorhanden, und niemand von ihnen weicht dem Blick des Kommandanten aus. Dumont d'Urville schließt seinen Besuch mit einigen aufmunternden Worten an die Offiziere ab; er appelliert an ihren Mut und ihren Enthusiasmus, was diese augenscheinlich positiv aufnehmen.

Am nächsten Tag – es herrscht immer noch Windstille – überbringt ein Kurier von der *Zelée* ein versiegeltes Schreiben von Kapitän Jacquinot an den Kommandanten. Darin schreibt Jacquinot, er habe am vergangenen Abend mit den Offizieren und dem erweiterten Stab eine eingehende Unterredung geführt, die sich mit den Absichten, Mutmaßungen und angeblichen Erklärungen auseinandergesetzt hat. Er könne nun ausdrücklich die Gewissheit verkünden, dass niemals eine wie auch immer geartete Forderung zur Umkehr oder Kursänderung von den drei Offizieren oder auch von anderen Personen gestellt worden sei. Monsieur Le Gouillou sei allein für den Schritt verantwortlich, welchen er unternommen hatte, und er habe die von ihm benannten Offiziere gänzlich ohne deren Wissen in seine Intrige hineingezogen. Denn nicht anders könne man das Vorgehen des Schiffsarztes bezeichnen, sondern nur als genau dieses: Eine schamlose Intrige mit dem Ziel, die Expedition um des eigenen Willens und schlechten Charakters wegen aufzuhalten.

Dumont d'Urville ist erleichtert. Wie gut, dass er seinen Plänen treu geblieben ist und den Kurs nicht gleich nach Le Gouillous Auftritt geändert zu haben. Ein solch gravierendes Unterfangen hätte man im Nachhinein kaum wieder rückgängig machen können; die Expedition wäre dann auf Kurs Mauritius festgelegt gewesen. Natürlich ist die Situation für die Kranken nach wie vor höchst beschwerlich und zum Teil lebensbedrohlich, aber mit weiterhin einigermaßen guter Hoffnung dem nächsten Ziel entgegen reisen zu können, das ist nicht nur für das Gelingen des Unternehmens entscheidend, sondern auch für Moral und Lebenswillen der Besatzung. Freilich wird es keine Möglichkeit geben, irgendetwas gegen den intriganten Le Gouillou zu unternehmen. Einerseits ist er als Arzt derzeit unabkömmlich, andererseits dürfte er, so man ihn mit der Boshaftigkeit seines Handelns konfrontiert, bestimmt alle schlechten Absichten bestreiten. Sei es, dass er sich auf einen Irrtum, auf Missverständnisse oder auf einen durch die vielen Krankheitsfälle erzeugten psychischen Druck berufen könnte – er würde sicherlich damit durchkommen. Es bleibt also nichts anderes, als die Sache vorerst auf sich beruhen zu lassen und den Schiffsarzt dafür fortlaufend unter Beobachtung zu halten.

Allerdings weicht die teilweise Erleichterung alsbald wieder großer Besorgnis. Obwohl der Wind auffrischt und die Korvetten endlich etwas Fahrt aufnehmen können, greift der Tod schneller nach Beute, als der Wind weht. Der Matrose Helies, der Kalfaterer erster Klasse Salusse, die Matrosen Billoud, Goguet, de Lorme und Fabry. Sechs Menschen, kurz hintereinander, eine nicht enden wollende Tragödie. Und doch steht der unheilvollste Tag noch aus. Am 23. November 1839 stirbt auch Fähnrich Marescot. Marescot! Ausgerechnet Marescot – Dumont d'Urville kann die Meldung nicht fassen, nicht glauben. Und doch ist sie wahr. Die Nachricht vom Tod Marescots löst auf der gesamten *Astrolabe* größere Trauer aus als bei allen bisherigen Sterbefällen innerhalb der Mannschaft. Selbige schätzte ihn wegen seiner unbedingten Fairness, die Offiziere beweinen ihn wie einen Bruder. Ergriffen sinkt Dumont d'Urville neben dem Sterbebett des jungen Offiziers zu Boden. Wie sehr hätte er sich gewünscht, Marescot würde dereinst in seine Fußstapfen treten können. Die Sachkenntnis in der Schiffsführung, die Genauigkeit und Wissbegier auf seinen wissenschaftlichen Arbeitsfeldern wie Vermessungswesen und Kartographie, schließlich sein Geschick im Umgang mit Menschen und schwierigen Charakteren hätten Marescot zum geborenen Kapitän und Expeditionsführer gemacht. Deshalb hat ihn Dumont d'Urville schon bald als Protegée angenommen. Doch nun ist er tot, seine Reise zu Ende.

Um Mitternacht nehmen die Offiziere Abschied von ihrem verstorbenen Kameraden. Im Spalier wird der in Tücher gehüllte Leichnam an Deck gebracht. Dumont d'Urville und Lieutenant Roquemaurel sprechen zum Gedenken, und auch der sonst so wortkarge Johann Niederhauser hat darum gebeten, ein paar Worte als Andenken an seinen Förderer sagen zu dürfen. Als besondere Ehre, die eigentlich nur Admiralen und gekrönten Häuptern zuteilwird, lässt der Kommandant drei Salutschüsse abfeuern. Dann gleitet der Körper Marescots von Bord und entschwindet in der unendlichen Tiefe der See.

Vier Tage später folgt ihm Fähnrich Antoine Pavin de la Farge von der *Zelée*. Dessen heiterer Charakter und origineller Geist hatten ihn auf jener Korvette unter seinen Kameraden sehr beliebt gemacht, und jeder wusste, wie sehr der junge Fähnrich an seiner großen Familie hing. Schließlich erliegt am achten Dezember, bloße drei Tage, bevor die Küste Tasmaniens in Sicht kommt, auch Jean-Marie Gourdin, angehender Fähnrich und Schreiber, der grausamen Seuche. Gourdin war der jüngste Offizier der gesamten Expedition, und er schien von allen Betroffenen am besten der Krankheit widerstehen zu können. Aber die Hoffnung ist vergebens gewesen. Stattdessen vergrößert sich die Lücke, die Leere, welche all die Verblichenen zurücklassen, beständig.

Am elften Dezember, beinahe im selben Augenblick, als die Wache den Landfall bekanntgibt, überantworten die Schiffe noch einmal den Körper eines Matrosen der See; es bleibt der letzte Todesfall. Um ein Uhr nachmittags werfen die Korvetten den Anker auf der Reede vor Hobart Town. Unverzüglich werden Vorkehrungen getroffen, die verbliebenen Kranken an Land zu bringen und dort in einem eigens als Hospital eingerichteten Hause zu versorgen. Die Behörden von Hobart-Town, allen voran der Hafenkapitän Moriarty, unterstützen schnell und mit allen Kräften. Dadurch gelingt es tatsächlich, allen Erkrankten, noch Genesenden und gesundheitlich eingeschränkten Besatzungsmitgliedern so viel Hilfe angedeihen zu lassen, dass sie sich sämtlich erholen.

Die unglücklichste Zeit der Reise ist damit überstanden. Doch welch entsetzlichen Tribut, welch hohen Blutzoll hat sie gefordert! Auf der zwei Monate dauernden Etappe von Sumatra bis Tasmanien sind drei Offiziere und dreizehn Matrosen und Maate der Ruhr zum Opfer gefallen, so viele wie nie zuvor auf einer französischen Entdeckungsreise. Die Überlebenden beider Schiffe trauern lange, und all die Toten lasten auf einem Gewissen. Jeden Abend, jede Nacht treten die Toten im Geiste vor den Kommandanten und stellen eine einzige Frage: War es das wert?

Gescheiterte Vernunft

Aus dem Tagebuch des Schiffsarztes Èlie de Gouillou

Wenn dereinst einer meiner Nachfahren diese Zeilen lesen sollte, wird er das Vermächtnis eines Gescheiterten vor sich sehen. Gescheitert nicht an sich selbst, nicht an unrechtmäßigem oder unbotmäßigem Handeln, nicht am Leben und an den Umständen selbst; vielmehr gescheitert an der Unvernunft, der Ignoranz, der Willkür und der Rücksichtslosigkeit anderer. Meine Worte klingen nach Rechtfertigung, nach Schuldzuweisungen – allein, es ist die blanke Wahrheit; die schonungslose, offene Wahrheit, welche zu meinen Lebzeiten allerdings niemand wahr haben wollte.

Nachdem die Besatzungen unserer beiden Korvetten auf der Rückkehr aus dem Südmeer vom Skorbut befallen worden war, der nahezu allen über die Maßen zugesetzt und letztlich zwei Todesopfer gefordert hat, ist die Mehrzahl der Offiziere allenthalben der Meinung gewesen, Schlimmeres könne der Expedition nun nicht mehr widerfahren. Doch weit gefehlt! Jeder klar denkende Mensch konnte absehen, dass dies nur der Vorbote noch weitaus schrecklicherer Risiken und Bedrohungen war, welche uns noch bevorstehen mussten. Wie ich bereits vor langem an dieser Stelle schilderte, habe ich seinerzeit alles versucht, den Kommandanten zu bewegen, der Besatzung eine weitaus längere Erholung bis zur vollständigen Genesung zu gewähren und die Expedition unter allen Umständen abzukürzen. Doch alles Mahnen und Warnen und Bitten ist vergeblich gewesen. Ohne Rücksicht auf Gefahren und Verluste hat der Kommandant in seinem brennenden Ehrgeiz die Schiffe weiter vorangetrieben, mitten hinein in die berüchtigtsten und von den gefährlichsten Miasmen völlig durchseuchten Gebiete der Inselwelt Südostasiens.

So nahm das Unheil seinen Lauf. Kaum, dass wir den Hafen von Samarang in Java verlassen hatten, brach an Bord beider Schiffe die Ruhr aus, wobei die *Zelée* dabei stets stärker betroffen war als die *Astrolabe*. Und mit der Ruhr griff auch der Tod mit eiserner Hand nach Beute, die er unerbittlich einfuhr. Wahrlich, der Tod konnte ein Erntedankfest feiern, so reichlich fiel seine Ernte aus. In den vierzig Tagen, die die Fahrt von Java nach Tasmanien dauerte, sind sage und schreibe sechzehn Menschen der Seuche erlegen – das entspricht etwa einem Toten aller zwei Tage. Sechzehn Offiziere, Maate, Matrosen, Freunde, Kameraden, Leidens- und Schicksalsgenossen, Menschen, die auch ein Arzt wie ich und meine Helfer nicht retten konnten.

Es fehlte an so vielem, was die Leidenden und Sterbenden gebraucht hätten: frische Betten und stets reine Tücher, gesunde und reichliche Nahrung, frischestes Wasser, vor allem aber ein sanftes Klima und eine ruhige, nicht von Sturm und unruhiger See gestörte Umgebung. Die einzige Chance, eine größere und längere Ausbreitung der Ruhr zu verhindern, wäre der sofortige Abbruch des Kurses nach Süden und die Umkehr zu gemäßigteren Häfen gewesen, etwa zur Ile de France oder zur Ile Bourbon. Die Überfahrt hätte sich nach meinen Berechnungen innerhalb von zehn Tagen bewerkstelligen lassen; dies hätte ausgereicht, um bei weitem die meisten Erkrankten vor dem Tode zu retten. Nachdem die Besatzung mit dem Skorbut und der Ruhr nunmehr zwei gravierende Krankheitswellen überstehen musste, wären der anschließende Abbruch der Expedition und die umkehrende Rückkehr nach Frankreich die einzig vernünftigen und gebotenen Entscheidungen geblieben.

Just in dem Augenblick, als die Krankheitswelle ihrem Höhepunkt entgegenstrebte, wäre es mir beinahe doch noch gelungen, den Kommandanten umzustimmen und zur Abkehr von seinem Todeskurs zu bewegen. Ich hatte die Gelegenheit, zur Astrolabe überzusetzen und überzeugte Dumont d'Urville, mir eine private Audienz in seiner Kabine zu gewähren, was er mir widerwillig zugestand. Dort eröffnete ich ihm nicht nur die Ernsthaftigkeit der Lage, sondern auch den Umstand, dass mich mehrere Offiziere der *Zelée* – namentlich Lieutenant du Bouzet und die Fähnriche Coupvent-Desbois und Montravel – in meinem Anliegen nicht nur unterstützen, sondern ganz entschieden eine Umkehr unseres Kurses in Richtung Ile de France forderten. Dieser Unterstützung musste ich mir zweifellos gewiss sein, hatten mir doch alle drei glaubhaft zugesichert, meine Meinung vollständig zu teilen und nichts anderes als einen Abbruch des Expeditionskurses zu wollen. Hierauf wurde der Kommandant tatsächlich nachdenklich, offenbar besorgt darüber, dass er bei einem Beharren auf seiner Dogmatik die Autorität über die Besatzung verlieren könnte.

Fast schon konnte ich hoffen, das Ziel und damit unser aller Rettung erreicht zu haben, als Dumont d'Urville, von Misstrauen und Unwillen gelenkt, wenig später beschloss, sich selbst zur *Zelée* zu begeben und deren Offiziere zur Rede zu stellen. Kapitän Jacquinot, wie gewöhnlich seinem Kommandanten hörig und sklavisch ergeben, stellte sich sogleich auf dessen Seite und behauptete, es gäbe keinerlei Anzeichen, dass irgendjemand an Bord eine Änderung des Südkurses verlangen würde oder je gewollt habe. Anschließend wurden alle Offiziere befragt – und schmählicher Weise stellten diese sich allesamt hinter die beiden Anführer, einschließlich du Bouzet, Coupvent-Desbois und Montravel. Ihre vorherigen Zusicherungen und Beteuerungen erwiesen sich als wertlos. Sie behaupteten frech und ohne jede Gewissensbisse, niemals irgendeine Forderung gemacht oder auch nur geäußert zu haben. Alles war vergessen, und ich stand nunmehr als alleiniger Urheber eines nahezu als Revolte deklarierten Unternehmens dargestellt und wie an einem Pranger allerlei Anfeindungen ausgesetzt.

Damit war selbstverständlich jede Möglichkeit endgültig gescheitert, auf die Situation Einfluss zu nehmen und einen Abbruch der Expedition zu erreichen. Meine eigene Autorität an Bord der *Zelée* war auf das Höchste infrage gestellt, sogar in meiner Funktion als Leitender Arzt. Was blieb mir daher anderes übrig, als mich voll und ganz darauf zu konzentrieren, die Kranken zu versorgen, ihr Leid zu lindern und die Sterbenden bis zum letzten Augenblick zu begleiten. Das Herz lief mir über voll Bedauerns über das Schicksal und den Zustand der Beklagenswerten, gleichzeitig zerriss es voller Verzweiflung über das Scheitern der ersehnten Rettung. Die Schiffe aber fuhren weiter auf ihrem verderblichen Kurs, während die Unvernunft ihren Triumph feierte, ihren Sieg über Vernünftigkeit und über Respekt gegenüber den Lebenden und den Toten.

Adelieland

Am ersten Januar des neuen Jahres gehen die beiden Schiffe um vier Uhr morgens unter Segel. Die Gastfreundschaft der Einwohner und Behörden Tasmaniens werden die Besatzungen sicherlich vermissen, hat selbige ja wesentlich dazu beigetragen, die Ruhr zu besiegen und alle Kranken wieder gesunden zu lassen. Aber jetzt, wo alle Erkrankten völlig wiederhergestellt sind, hat die Expedition keinen Augenblick mehr zu verlieren, wenn sie noch in der günstigen, milden Jahreszeit in die Eisregion gelangen will. Zwar ist die dezimierte Mannschaftsstärke nicht vollständig ausgeglichen – es gab in Hobart-Town einfach zu wenig rekrutierbare Matrosen –, doch die anfänglichen Bedenken Dumont d'Urvilles gegenüber der Zuverlässigkeit der neu angeheuerten englischen Seeleute zerstreuen sich rasch. Die Neuen lassen sich recht schnell vom immer noch vorhandenen Enthusiasmus der Stammbelegung anstecken und finden sich gut in die von den anderen bereits gewohnten Verrichtungen im Zuge einer Polarfahrt ein.

In einer längeren Aussprache mit allen Offizieren der beiden Korvetten hat Dumont d'Urville nachdrücklich klargestellt, dass er keine Absicht hat, wie im letzten Jahr, eine erneute gründliche Erforschung der Eisfelder vorzunehmen und so weit wie möglich zum Südpol vorzudringen. Das Ziel ist stattdessen, geradewegs den Parallelkreis zu erreichen, ab dem die Packeismassen zu finden wären und dort zu prüfen, ob sich unter dem Eise festes Land verbirgt. Sollte dabei der südliche Polarkreis überschritten und vielleicht gar eine nähere Bestimmung des magnetischen Pols erreicht werden, wäre dies ein außerordentlicher Erfolg und würde einen großen Teil des königlichen Auftrags erfüllen.

Seit der Abfahrt von Tasmanien folgt den Korvetten unermüdlich eine große Schar Albatrosse. Zahlreiche Wale werfen rings um die Schiffe das Wasser aus ihren Blaslöchern in die Höhe. Anscheinend wird die betreffende Walart von den Fischern nicht gesucht, denn ein Walfangschiff, das den Kurs der Schiffe kreuzt, setzt seinen Kurs unverändert fort, ohne sich bei der potentiellen Beute aufzuhalten. Insbesondere Kapitän Jacquinot von der *Zelée* ist darüber mehr als erfreut, dass die von ihm bewunderten Meeressäuger unbehelligt bleiben. Schließlich, nach knapp vierzehn Tagen auf See, verschwinden die Albatrosse pünktlich mit dem Überschreiten des 50. Breitengrades.

Zwei Tage später werden die ersten Eisschollen gesichtet. Ein knappes Dutzend Leute, die das erste Mal solche Eisblöcke zu Gesicht bekommen, staunen darüber nicht schlecht; sie werden alsbald zum Gegenstand des Spottes ihrer Kameraden. Immerhin, die Eisschollen sind ungewöhnlich dick. Dumont d'Urville ist deswegen überzeugt, dass sie sich nicht von Eisfeldern allein stammen, sondern sich an festem Land gebildet haben. Drei Tage später sind die Schiffe schon von mehreren größeren Eisblöcken regelrecht umzingelt, allesamt zwischen 30 und 40 Metern hoch, manche bis zu tausend Meter lang; alle aber ausgesprochen flach und mit sehr steilen Rändern. Keine derselben weist eine Spur von Zerschmelzen auf, auch keine Auswaschungen durch längere Wellenarbeit. Alle scheinen sich Tags vorher von einer nicht weit entfernten Küste abgelöst zu haben.

Gegen drei Uhr am Morgen des 19. Januar meldet der Maat Gervaize, der gerade die Wache innehat, er habe auf Westsüdwest einen gräulichen Fleck gesichtet, welcher unbeweglich verharre und daher auf Land hindeuten könne. Der Ingenieur Vincendon-Dumoulin, soeben an Deck mit der Kartierung der in Sicht befindlichen Eisinseln beschäftigt, klettert umgehend in den Ausguck, um alle Zweifel auszuräumen. Er muss feststellen, dass Gervaize nur eine Wolke gesichtet hat, die auf Höhe des Oberdecks mit dem Horizont verschmolzen scheint. Allerdings sieht Vincendon-Dumoulin von seinem höheren Aussichtspunkt etwas neues und sehr aufregendes: Geradeaus vor den Schiffen, etwas links von der Wolke, liegt tatsächlich eine Landmasse. Mit jeder Toise, die die Korvetten zurücklegen, wird diese Landmasse deutlicher und größer. Der junge Ingenieur vermag es noch lange nicht zu glauben, aber er ist wirklich der erste, der das lange gesuchte südliche Festland entdeckt hat, welches unter dem ewigen Eise verborgen liegt.

Die aufregende Entdeckung fällt eigentümlicher Weise fast genau mit der Überquerung des südlichen Polarkreises zusammen. Dumont d'Urville weiß, dass die beiden Mannschaften zu diesem Anlass schon lange eine heitere Feier, ähnlich einer Äquatortaufe, vorbereitet haben. Die beteiligten Akteure haben selbstverständlich um Erlaubnis gefragt; der Kommandant lässt sie gerne gewähren, verspricht er sich doch viel Gutes für die Moral der Mannschaft, wenn Langeweile und Entmutigung durch derlei Zerstreuung aufgehoben werden kann. Die einzige Einschränkung, die Dumont d'Urville verhängt, besteht darin, jegliches Begießen des Decks mit Wasser oder das Untertauchen von Personen in selbigem zu unterlassen. Dazu sind die Temperaturen doch zu niedrig, und Glatteis oder erkältete Besatzungsmitglieder wären eine sehr ärgerliche und unnötige Folge solcher Aktionen. Ansonsten haben die Leute freie Hand, und so wird, kaum dass Lieutenant Roquemaurel die Passage des Polarkreises offiziell bekanntgibt, der Kommandant ebenso offiziell benachrichtigt, er würde am kommenden Tag den Besuch des „Vaters Antarktik" auf der *Astrolabe* erhalten.

Der Besuch erfolgt mit großem Pomp und Gloria. Nahezu alle Matrosen sind stimmungsvoll verkleidet. Den größten Applaus erhält ein auf einer Robbe reitender Postillon, der dem Kommandanten einen Glückwunschbrief des fantastischen antarktischen Herrschers überbringt. Gleichzeitig lassen etliche Matrosen von den Marsen aller drei Masten aus Reis und Bohnen (als Ersatz für das

Wasser) herabregnen, womit sich alle als polargetauft ansehen können. Zudem hat man kurzerhand auch eine sogenannte „Polarkommunion" eingeführt, wobei für jeden ein Becher Wein ausgeschenkt wird. Die Besatzung genießt das Vergnügen, und Dumont d'Urville sieht seinerseits mit Behagen, dass er die Situation richtig eingeschätzt und die Feier zu Recht zugelassen hat. Gleichzeitig hat man damit ja auch den großen Erfolg, nämlich das antarktische Land gefunden zu haben, mitfeiern können.

Die folgenden zwei Tage vergehen damit, sich dem Land vorsichtig zu nähern, eine Stelle auszumachen, die für einen Landgang geeignet ist und sodann einen passenden Ankerplatz auszumachen. Sobald dies gelingt, setzen die *Astrolabe* und die *Zelée* jeweils ein Boot aus; dasjenige der *Astrolabe* steht unter dem Befehl von Monsieur Dumoutier, das der *Zelée* wird von Lieutenant du Bouzet befehligt. Die Offiziere und Wissenschaftler in den beiden Booten sind so voll lebhaften Eifers, das Festland zu erreichen, dass sich zwischen den beiden Fahrzeugen beinahe eine kleine Wettfahrt entwickelt. Nach knapp zweieinhalb Stunden und fast sieben Meilen Fahrt landet die Jolle der *Astrolabe* einen kurzen, aber entscheidenden Moment vor dem Boot der *Zelée* an der fremden Küste.

Schon erklettern die Matrosen die steilen Hänge der Felsen. Die verdutzten Pinguine, welche auf den Felsen hocken, werden kurzerhand von den Männern verscheucht – nicht ahnend, dass sie soeben von den neuen Besitzern dieser Gestade vertrieben worden sind. Dumoutier lässt einen Matrosen die eigens mitgeführte Fahne aus dem Boot beibringen. Dem alten Brauch folgend, nimmt der Landungstrupp im Namen Frankreichs von der Küste und dem benachbarten Landstrich Besitz, sodann wird die Trikolore entfaltet und weht über den neuen Landen, welche noch nie zuvor ein menschliches Wesen gesehen oder betreten hat. Der Eifer und Enthusiasmus, den die Besatzung dabei an den Tag legt, ist so groß, als hätten sie dem französischen Gebiet durch diese feierliche Eroberung eine neue Provinz hinzugefügt.

Immerhin ist es etwas anderes als die Landnahme einer afrikanischen oder asiatischen Kolonie – in diesen völlig unbewohnten Territorien wird niemand seines Eigentums beraubt, und niemand macht den französischen Anspruch streitig. Entsprechend fühlt man sich ruhigen Gewissens ganz wie auf französischem Boden.

Die Feierlichkeit schließt, wie sie schließen muss. Zum Wohle Frankreichs wird eine Flasche des köstlichsten seiner Weine geleert, welche einer der Offiziere geistesgegenwärtig mitgebracht hat. Niemals hatte der Bordeaux eine würdigere Rolle zu spielen, niemals wurde eine Flasche auf geeignetere Weise geleert. Zur Krönung des Ganzen wird dem Gebiet der Namen verliehen, den ihm Dumont d'Urville im Angesicht der bevorstehenden Landung verliehen hat: *Adelieland*, zum Andenken und zur Verehrung des Menschen, welchen er am allermeisten liebt: Seine Adèle.

Mit der Inbesitznahme des Adelielandes ist es indes nicht getan. Nach Abschluss aller Zeremonien machen sich sogleich die Naturforscher ans Werk und sammeln alles, was die neu entdeckte Erde an Wichtigem für die Naturgeschichte enthalten kann. Flora und Fauna sind ausgesprochen spärlich vertreten – man erlegt einen Pinguin und liest einen Seetang auf, ansonsten gibt es nicht einmal Muscheln oder Flechten –, weshalb man sich auf das Mineralreich konzentriert. Jeder erhält einen Hammer und beginnt, Gesteinsstücke abzuschlagen. Da das Gestein äußerst hart ist, bleibt das mühsam; ein paar Matrosen entdecken glücklicherweise etliche durch den Frost abgesprengte größere Bruchstücke und laden sie in die Boote. Als die Geologen zufrieden sind, werden die letzten mineralogischen Reichtümer verladen und die Besatzung besteigt die Boote. Bevor die Segel entfaltet werden, grüßen alle, vom Offizier bis zum Leichtmatrosen, die Küste und die auf ihr aufgepflanzte Trikolore mit einem letzten allgemeinen Hurra. Die zum ersten Male durch menschliche Stimmen geweckten Echos dieser stillen Gegend wiederholen den Ruf und verfallen alsdann wieder in ihre gewohnte, eindrückliche wie düstere Stille.

Heimkehr

Mehr als eintausend Tage sind vergangen, seit die Augen der Besatzung zum letzten Mal französisches Kernland erblickt haben. Zwar ist es noch nicht die Heimat, doch lässt auch der Anblick der Ile Bourbon die Herzen höher schlagen. Wie gebannt verfolgen daher alle, die es einrichten können, die langsame Annäherung an die schöne Kolonie, die mit den anmutigen Bepflanzungen, den großen Vulkanen und dem zerklüfteten Landschaftsrelief eine sehr abwechslungsreiche Gestalt bietet. Die Annäherung an den zentralen Liegeplatz des Hauptortes Saint-Denis gerät beinahe zur Herausforderung, denn auf der Reede von Saint-Denis tummeln sich nicht weniger als vierzehn (!) französische Schiffe, zwischen denen die *Astrolabe* und die *Zelée* auch noch ihren Platz finden müssen. Aber letztlich gelingt das Manöver trotz des beträchtlichen Seegangs auf der offenen Reede (es gibt auf der Insel noch keinen ausgebauten Hafen) dank der langjährigen Übung doch recht problemlos.

Die zahlreichen Schiffe aus der Heimat haben ebenso viele Nachrichten und Briefe an den Kommandanten, die Offiziere und für zahlreiche weitere Besatzungsmitglieder nach Saint-Denis befördert, die jetzt von allen emsig geöffnet, gelesen und studiert werden. Erfreulicherweise haben mehrere Offiziere der Expedition mit der Post ihre wohlverdiente Beförderung erhalten. So ist Fähnrich Tardy de Montravel zum Lieutenant de vaisseau zweiter Klasse befördert worden, die Kadetten Duroche, Boyer, de Flotte und Gaillard sind zu Fähnrichen ernannt worden. Alle Offiziere und die beiden Kapitäne gratulieren auf das Herzlichste und feiern gebührend die Beförderungen. Nur ein Wermutstropfen mischt sich unter all die Freude – eine Beförderung hat ihren Adressaten nicht mehr erreichen können: Fähnrich Marescot. Auch er war, in Unkenntnis über seinen elendigen Tod durch die Ruhr-Epidemie, zum Lieutenant zweiter Klasse befördert worden, und nur zu gerne hätte Dumont d'Urville den talentierten und verdienstvollen jungen Mann diese Auszeichnung auch lebend erleben sehen. Doch was hilft es, die traurige Vergangenheit lässt sich nun einmal nicht mehr ändern.

Umso mehr gilt es, dafür zu sorgen, die Zukunft besser und so schmerzfrei wie möglich zu gestalten. Dazu gehört vordringlich, dass alle gesundheitlich angeschlagenen Besatzungsmitglieder an Land und ins Hospital gebracht werden, wo sie der Pflege von Ärzten mit viel größeren Möglichkeiten als an Bord teilhaftig werden können. Einige Leute haben immer noch nicht die Folgen der Ruhr überwunden, und die vielen Wochen, die mit den Erkundungen Tasmaniens und Neuseelands verbracht wurden, haben ihre Gesundheit nicht eben vorangebracht. Andere sind derart erschöpft, mit Gicht, geschwollenen Gliedmaßen und ähnlichen schmerzenden Leiden behaftet, dass die Bordärzte einen längeren Aufenthalt auf der Ile Bourbon für nötig halten, damit sie die Rückkehr nach Frankreich auch sicher überstehen können. Selbst

Dumont d'Urville fühlt sich so schwach, dass er nicht am Ankunftstag, sondern erst am darauffolgenden Tage einige Schritte tun kann, um die *Astrolabe* zu verlassen.

Der Zustand der Geschwächten verbessert sich glücklicherweise schnell. Der Aufenthalt auf festem Land, die gute Pflege, die Gelegenheit, sich frei und in einer Art französischen Zivilisation zu bewegen und sich problemlos mit jedem verständigen zu können, wirkt augenscheinlich sehr belebend auf alle. Dumont d'Urville wird dadurch immer mehr bewusst, wie sehr die gesamte Besatzung, vom einfachsten Matrosen bis hin zu ihm selbst, die Rückkehr in die Heimat immer unausweichlicher und immer dringender benötigt. Drei Jahre sind genug, mehr als genug! Die körperlichen Leistungsgrenzen sind mehr als erreicht, ja sogar weit überschritten. Die seelische Belastung aller ist enorm gewesen, Schwermut und Heimweh sind allenthalben zu beobachten. Sehnt er sich nicht selbst geradezu übermächtig nach seiner geliebten Adèle? Zwar lebt sie, und auch sein Sohn Jules lebt – das ist zum Glück nicht die Frage. Aber was hat sie nicht alles Entsetzliches durchmachen müssen: Einsamkeit, Sehnsucht, Schmerz, Verlust ... Das letzte Töchterchen hergeben zu müssen, den kleinen Augenstern des Lebens. Keine Möglichkeit, sich an der Schulter des Ehemannes anzulehnen, zu weinen, mit zarten Fäusten wütend gegen seine Brust zu schlagen, um den Schmerz zu verarbeiten. Genug. Die Verzweiflung soll, sie muss nun wirklich ihr Ende finden.

Die menschliche Dimension ist nicht die einzige, die eine baldige Rückkehr in die Heimat ratsam werden lässt. Drei Jahre Forschungs- und Entdeckungsreise haben die Laderäume der beiden Schiffe mittlerweile randvoll gefüllt: viele Tonnen Gesteinsproben, hunderte von Fellen und Bälgen erlegter Tiere, Tausende von gepressten Pflanzenteilen, unzählige Gläschen und Schächtelchen mit konservierten Präparaten aller Art, Abertausende beschriebene Seiten Papiers, welche die Schreibtische und Schränke der Wissenschaftler überlaufen lassen. Nicht ohne Besorgnis stellen die Forscher zunehmend fest, dass es um den Erhaltungszustand gerade der älteren Präparate nicht zum Besten steht. An etlichen Tier- und Pflanzenteilen zeigen sich immer deutlichere Schimmelspuren, Siegel beginnen porös zu werden, papierne Zettel zerfasern und verblassen, weil die dauernde Feuchtigkeit ihre Wirkung zeigt. Als innerhalb von vierundzwanzig Stunden nacheinander Pierre Dumoutier wegen seiner anatomischen Präparate, Docteur Jacquinot wegen seiner Aufzeichnungen und Louis le Breton in Sorge um seine angegriffenen Zeichnungen beim Kommandanten vorstellig werden, sind auch in dieser Hinsicht sämtliche weitere Überlegungen überflüssig. Sobald alle notwenigen Verrichtungen und Aktivitäten in Saint-Denis abgeschlossen sind, wird ohne weitere Verzögerung die direkte Heimfahrt angetreten. Dumont d'Urville setzt die Offiziere entsprechend in

Kenntnis, alle schließen sich einhellig diesem vernünftigen Entschluss an.

Einen Zwischenstopp gibt es dann aber doch noch. Nachdem am 30. Juli die Ile Bourbon am östlichen Horizont verschwunden ist, benötigen die *Astrolabe* und die *Zelée* infolge wirklich extrem ungünstiger Windverhältnisse sage und schreibe drei Wochen, bis der Tafelberg bei Kapstadt in Sicht kommt; für etwa dieselbe Entfernung von der Südspitze Afrikas bis zur Insel Sankt Helena dauert es nicht einmal zwei Wochen. Hier lässt Dumont d'Urville entgegen seinem Plane nun doch vor Anker gehen, um die Frischwasservorräte aufzufüllen. Nichts soll die letzte Reiseetappe noch gefährden. Der Kommandant und seine Offiziere, aber auch zahlreiche Matrosen nutzen fast selbstverständlich die Gelegenheit, mit einer Kutsche vom Hafenort Jamestown nach Longwood House zu fahren – die für jeden Franzosen übliche Wallfahrt zum Verbannungs- und Sterbeort Kaiser Napoleons. Dumont d'Urville hat bereits auf der Ile Bourbon erfahren, dass die britische Regierung zugestimmt hat, die sterblichen Überreste des Kaisers nach Frankreich überführen zu lassen. Nur zu gern wäre er selbst der Seefahrer geworden, dem diese ehrenvolle Aufgabe zufällt. Doch es ist bereits anderweitig vorgesorgt. Beinahe täglich, so die britischen Behörden, erwarte man die Ankunft des Prince du Joinville, Sohn des Königs Louis-Philippe, mit einem großen französischen Detachement an Bord der Fregatte *Belle Poule*. Natürlich kann Dumont d'Urville diesem Kommando nicht vorgreifen und lässt sich, nicht ohne leises Bedauern, den prächtig ausgeschmückten Leichenwagen vorführen, der bereits zum Transport der Asche Napoleons vom Grabe zum Landungsplatz bereit steht. Nach zwei Tagen ist alles erledigt, und nun lichten die beiden Korvetten am neunten September tatsächlich zum allerletzten Mal während der großen Expedition ihren Anker.

Am zwanzigsten Oktober kommt die spanische Küste in Sicht, und am ersten November passieren die Schiffe die Meerenge von Gibraltar. Fünf Tage später erscheint endlich die französische Küste am Horizont. Während sich die Korvetten im Laufe dieses sechsten Novembers 1840 dem Hafen von Toulon nähern, haben die optischen Telegraphen die Nachricht von der Rückkehr der großen Expedition längst vorausgemeldet. Die Flotte des Admirals Lalande, welche gerade in Toulon vor Anker liegt, hat sämtliche Flaggen gehisst. Die Mannschaften der Kriegsschiffe stehen an Deck und in den Wanten, es werden Tücher geschwenkt, Flaggensignale gehen auf und nieder und Kanonen feuern Salutschüsse ab. Eine riesige Menschenmenge säumt die Kaimauern und lässt ununterbrochen Jubelschreie ertönen, als die *Astrolabe* und die *Zelée* die Anker fallen lassen. Die letzten Segel werden eingeholt, und langsam kommen die beiden Schiffe zur Ruhe. Sie sind heimgekehrt.

1.157 Tage haben die beiden Korvetten auf See verbracht. Mehr als 38 Monate lang hat keiner der Männer an Bord die Heimat, seine Angehörigen oder seine Freunde gesehen. Unzählige Seemeilen haben sie zurückgelegt, die Welt umsegelt, neues Land entdeckt und neue Arten, Tausende von Exponaten und Präparaten mitgebracht, unschätzbares Wissen gesammelt und den Ruhm Frankreichs enorm gemehrt. Doch ist dies all die Opfer wert gewesen? Fast zwei Dutzend Männer sind nicht mehr zurückgekehrt, fast ebenso viele Familien warten nun vergeblich am Kai in Toulon auf die Heimkehr ihrer Lieben. Doch auch nicht jeder der rund 130 Überlebenden findet jemanden vor, der auf ihn wartet – auch etlichen von ihnen sind Frauen, Kinder und Eltern hinweg gestorben. Mag die Sonderprämie von 150.000 Goldfranc, die unter der Besatzung ausgeschüttet wird, solches Leid zu lindern?

Die Frage stellt sich auch für den Kommandanten. Mit seiner großen Weltexpedition hat er nie da gewesenes erreicht. Aber auch auf ihn warten nur seine Frau Adèle und sein Sohn Jules, keine große Familie. Und es wird nie mehr eine große Familie werden, dass ist Dumont d'Urville bewusst. In den nächsten Tagen wird er seine Beförderung zum Konteradmiral erhalten, und die Geografische Gesellschaft Frankreichs wird ihm ihre höchste Auszeichnung verleihen. Kann solcherlei Ehre irgendeinen Verlust aufwiegen? Das vermag niemand zu sagen. Auch Jules Sebastien César Dumont d'Urville wird diese Frage niemals beantworten können. Eines aber weiß er genau: Nie wieder wird ihn die Wanderlust so lange und so weit von der Familie trennen können. Dies hat er sich und Adèle ein für alle Mal geschworen.

Epilog: Der Zug

Die Achswelle brach mit einem kanonenschussartigen Knall. Noch ehe das Geräusch verklungen war, rutschte die kleine Planet-Lokomotive aus dem Gleis und schlingerte in den Graben seitlich der Gleise. Die nachfolgend gekuppelte Lok der Bauart L'Èclaire krachte gegen den im Gleis verbliebenen Tender, bäumte sich auf und stürzte auf die Seite. Während die Körper der Lokpersonale wie Strohpuppen durch die Gegend flogen, schmetterten die Personenwagen ungebremst in den Hügel aus Stahl und Kohle. Drei der Wagen lagen über den Lokomotiven, zwei weitere davor und waren hoffnungslos ineinander geschoben; die restlichen zwölf Waggons waren entgleist, aber wenigstens aufrecht stehen geblieben. Sekunden nach dem Unfall explodierten die Dampfkessel.

Niemand konnte später mehr feststellen, wie viele Menschen der Eisenbahnkatastrophe am achten Mai 1842 zum Opfer gefallen waren. Das Inferno, das nach der Kesselexplosion ausgebrochen war, hatte die fünf betroffenen Waggons vollständig verzehrt. Erst Stunden nach dem Unglück gelang es den zahlreichen Helfern, die aus Meudon und Umgebung herbeigeeilt waren, die ersten Opfer zu bergen. Der Anblick dessen, was sie vorfanden, stellte die Nerven der Helfer auf eine furchtbare Zerreißprobe. Fast niemand hatte sich aus den eingeklemmten Waggons befreien können, und die Leichenreste waren bis zur Unkenntlichkeit verbrannt und entstellt. Diese Reste mussten zu mindestens fünfzig Menschen gehören, es konnten aber auch leicht einhundert gewesen sein. Genaueres konnte man unmöglich sagen. Ein Torso trug an der Schulter Überbleibsel glitzernden Stoffes, die möglicherweise zu der Epaulette eines Admirals der Marine gehören mochten.

Erst am zehnten Mai wurde beim Polizeikommissariat in Toulon eine besorgte Freundin der Familie Dumont d'Urville vorstellig und vermeldete, der Admiral, seine Ehefrau und der gemeinsame Sohn Jules seien nicht von ihrer Reise nach Versailles zurückgekehrt. Die Familie Familie hätte dort anlässlich der Festlichkeiten zu Ehren des Königs Louis-Philippe auf persönliche Einladung des französischen Monarchen geweilt und eigentlich noch am Sonntagabend nach Hause zurückkehren wollen. Dem diensthabenden Commissaire, welcher mit den aktuellen Nachrichten der Journale wohlvertraut war, kam sogleich ein schrecklicher Verdacht: Konnte es sein, dass die Familie die Rückkehr aus Versailles nicht überlebt hatte? Man telegrafierte mit Versailles und Paris, doch zunächst konnte die Identität des Toten weiterhin nicht verifiziert werden. Bis ein Zufall dem Ganzen zu Hilfe kam.

Die Versailler Behörden hatten bei der Untersuchung der Toten als Unterstützung Ärzte und medizinische Wissenschaftler aus Paris erbeten. Unter diesen Ärzten befand sich auch Pierre Dumoutier, ausgerechnet der Anatom und Phrenologe, welcher auf der großen Weltreise an Bord der *Astrolabe* gedient und während dieser Zeit vom Kommandanten Dumont d'Urville einen Schädelabdruck genommen hatte. Auf Bitten des Commissaires aus Toulon verglich nun Doktor Dumoutier seinen alten Abguss mit dem Schädel des Opfers in Uniform. Danach gab es keinen Zweifel mehr: Jules Sebastien César Dumont d'Urville, Konteradmiral des Königs, Weltreisender, Entdecker und Wissenschaftler, lebte nicht mehr. Auch seiner geliebten Frau Adèle und seinem einzig gebliebenen Sohn Jules hatte die unfassbare Katastrophe das Leben gekostet. Ihre beiden Leichname konnten allerdings nie eindeutig zugeordnet werden.

Anhang: Die Offiziere der beiden Schiffe

À bord de l'Astrolabe

- Jules-Sebastien César Dumont d'Urville, capitaine de vaisseau et commandant de l'expedition
- Louis Francois Gaston de Roquemaurel, lieutenant de vaisseau
- Francois Edmond Barlatier De Mas, 2nd lieutenant de vaisseau
- Jacques Bernard Hombron, chirurgien en chef
- Louis le Breton, 2nd chirurgien
- Clement Adrien Vincendon-Dumoulin, ingénieur hydrographe
- Pierre Marie Alexandre Dumoutier, préparateur d'anatomie
- César Desgraz, secrétaire
- Jacques-Marie-Eugene Marescot de Thilleul, enseigne et écrivain
- Auguste Elias Aimé Coupvent Desbois, einseigne
- Louis Jacques Ducorps, commissaire de bord
- Joseph Durach / Jean-Marie Gourdin, écrivains
- Joseph Emanuel Boyer / Pierre Antoine Lafonde / Louis Emanuel le Maistre Duparc / Charles Francois Gervaize, cadets

À bord de Zelée:

- Charles Hector Jacquinot, capitaine de frigate et 2nd commandant de l'expedition
- Joseph-Fidèle-Eugène du Bouzet, lieutenant de vaisseau
- Charles Julius Adolphe Thanaron, 2nd lieutenant de vaisseau
- Ernest Auguste Goupil, dessinateur en chef
- Èlias Jean Francois le Gouillou, chirurgien en chef
- Honoré Jacquinot, 2nd chirurgien
- Félix Casimir Huon de Kermadec, commissaire de bord
- Antoine Auguste Pavin de la Farge, enseigne
- Louis Francois Tardy de Montravel, enseigne
- Paul Louis de Flotte / Jean Edmond Gaillard / Germaine Hector Perigot, cadets

Nachwort: Fiktion und Realität

Die Schilderung der Ereignisse, Personen, Orts- und Naturbeschreibungen orientiert sich sehr eng am Reisebericht Dumont d'Urvilles selbst. Die allermeisten der erzählten Begebenheiten, auch scheinbare Kleinigkeiten (Beispiel: Der um die Schiffe herumtollende Wal) sind ebenso Tatsachen wie die eher dramatisch wirkenden Handlungsteile. Dazu gehören etwa die Auffindung der Gestrandeten in der Magellanstraße, die wiederholten Krankheitswellen an Bord und der Konflikt mit dem Schiffsarzt Gouillou. Die Ereignisse wurden teilweise dramatischer, zugespitzter oder gestraffter wiedergegeben, um die vorliegende Erzählung flüssiger zu halten. Erfunden ist die Gestaltung der Berichte von Offizieren und des Arztes in Form von Tagebucheinträgen, wobei sich wiederum deren Inhalt im Bericht Dumont d'Urvilles widerspiegelt.

Im Sinne einer überschaubaren Lesefassung wurden natürlich viele Stationen der Reise ausgelassen. Ebenso ist der Bericht des Expeditionskommandanten mit oft recht ausführlichen Beschreibungen von Land, Leuten und Brauchtum gefüllt, welche sich für eine spannende Erzählung wenig eignen. Wer an einer ausführlichen Beschreibung der fast dreijährigen Weltreise interessiert ist, dem sei die Lektüre der deutschen Ausgabe empfohlen, die in drei Bänden zwischen 1846 und 1848 erschienen ist. Unter dem Titel: „Reise nach dem Südpole und Ozeanien auf den Corvetten Astrolabe und Zelée" ist sie bei vielen Ebook-Anbietern als kostenfreier Download erhältlich.

Einige Ortsbezeichnungen und Maßangaben entsprechen dem damaligen Gebrauch und wurden aus dem Bericht Dumont d'Urvilles in ihrer Originalform übernommen, um die Atmosphäre des Textes zu wahren und nicht durch allzu moderne Bezeichnungen stark zu verändern. Hier wären zu nennen:

Ile de France = Bezeichnung der Insel Mauritius während der französischen Kolonialzeit von 1715 bis 1810

Ile Bourbon = Bezeichnung der von Frankreich kolonisierten Insel *La Réunion* zwischen 1640 und 1793 sowie zwischen 1810 und 1848

Toise = Klafter; im 19. Jahrhundert als *Toise de l'Académie* auf 1,949 Meter Länge festgelegt

Meile = Im Text ist hier immer die Seemeile gemeint, also eine Strecke von 1,852 Kilometern

Fuß = Es muss angenommen werden, dass Dumont d'Urville hier den *Pariser Fuß* mit einer Länge von 32,48 Zentimetern gemeint hat

Bildnachweis

Titelbild:

Collage aus dem Titelbild der Ausgabe „Voyage de Dumont d'Urville, capitaine de vaisseau, autour du monde a bord de LAstrolabe, raconté par lui-meme"; Paris (Maurice Dreyfous) 1880, und dem Bild „L'Astrolabe faisant de l'eau sur un glacon 6 Fevrier 1838" aus der Ausgabe "Voyage au Pôle Sud et dans l'Océanie sur les corvettes l'Astrolabe et La Zélée, exécuté par ordre du Roi pendant les années 1837, 1838, 1839, 1840, sous le commandement de M. J. Dumont d'Urville, capitaine de vaisseau", Paris (Gide) 1841ff., plate 22.

Seiten 34, 60, 110:

Eigene Zeichnungen nach Originalen aus dem Reisebericht Dumont d'Urvilles; verwendet wurden verschiedene Vorlagen aus der deutschen (Darmstadt 1848) und der französischen Ausgabe (Paris 1854).